Tucholsky Wagner Zola Scott Sydow Fonatne Schlegel Freud Turgenev Wallace

Twain Walther von der Vogelweide Fouqué Friedrich II. von Preußen Weber Freiligrath

Fechner Fichte Weiße Rose von Fallersleben Kant Ernst Frey Richthofen Frommel

Hölderlin Engels Fielding Fehrs Faber Eichendorff Flaubert Tacitus Dumas

Maximilian I. von Habsburg Fock Eliasberg Zweig Ebner Eschenbach Feuerbach Ewald Eliot Vergil

Goethe London Elisabeth von Österreich Mendelssohn Balzac Shakespeare Dostojewski Ganghofer

Lichtenberg Rathenau Trackl Stevenson Doyle Gjellerup Tolstoi Hambruch Mommsen Lenz Thoma Hanrieder Droste-Hülshoff

Dach von Arnim Verne Hägele Hauff Humboldt Reuter Karrillon Rousseau Hagen Hauptmann Garschin Gautier

Damaschke Defoe Hebbel Baudelaire Descartes

Wolfram von Eschenbach Hegel Kussmaul Herder Schopenhauer Dickens Darwin Rilke George Bronner Melville Grimm Jerome

Campe Horváth Aristoteles Bebel Proust Bismarck Vigny Voltaire Federer Herodot Gengenbach Barlach Heine

Storm Casanova Tersteegen Grillparzer Georgy Lessing Gilm Chamberlain Langbein Gryphius Brentano

Strachwitz Claudius Schiller Lafontaine Kralik Iffland Sokrates Bellamy Schilling Katharina II. von Rußland Gerstäcker Raabe Gibbon Tschechow

Löns Hesse Hoffmann Gogol Wilde Vulpius Gleim Luther Heym Hofmannsthal Klee Hölty Morgenstern

Roth Heyse Klopstock Kleist Goedicke Luxemburg Puschkin Homer Mörike Musil La Roche Horaz

Machiavelli Kierkegaard Kraft Kraus Navarra Aurel Musset

Lamprecht Kind Kirchhoff Hugo Moltke Nestroy Marie de France

Laotse Ipsen Liebknecht Nietzsche Nansen Marx Ringelnatz Lassalle Gorki Klett von Ossietzky Leibniz May

vom Stein Lawrence Irving Petalozzi Platon Knigge

Pückler Michelangelo Kafka Sachs Poe Kock Liebermann Korolenko

de Sade Praetorius Mistral Zetkin

Der Verlag tredition aus Hamburg veröffentlicht in der Reihe **TREDITION CLASSICS** Werke aus mehr als zwei Jahrtausenden. Diese waren zu einem Großteil vergriffen oder nur noch antiquarisch erhältlich.

Symbolfigur für **TREDITION CLASSICS** ist Johannes Gutenberg (1400 — 1468), der Erfinder des Buchdrucks mit Metalllettern und der Druckerpresse.

Mit der Buchreihe **TREDITION CLASSICS** verfolgt tredition das Ziel, tausende Klassiker der Weltliteratur verschiedener Sprachen wieder als gedruckte Bücher aufzulegen – und das weltweit!

Die Buchreihe dient zur Bewahrung der Literatur und Förderung der Kultur. Sie trägt so dazu bei, dass viele tausend Werke nicht in Vergessenheit geraten.

Erwin Dürer

Ludwig Fulda

Impressum

Autor: Ludwig Fulda
Umschlagkonzept: toepferschumann, Berlin

Verlag: tredition GmbH, Hamburg
ISBN: 978-3-8424-0756-5
Printed in Germany

Ziel der TREDITION CLASSICS ist es, tausende deutsch- und fremdsprachige Klassiker wieder in Buchform verfügbar zu machen. Die Werke wurden eingescannt und digitalisiert. Dadurch können etwaige Fehler nicht komplett ausgeschlossen werden. Unsere Kooperationspartner und wir von tredition versuchen, die Werke bestmöglich zu bearbeiten. Sollten Sie trotzdem einen Fehler finden, bitten wir diesen zu entschuldigen. Die Rechtschreibung der Originalausgabe wurde unverändert übernommen. Daher können sich hinsichtlich der Schreibweise Widersprüche zu der heutigen Rechtschreibung ergeben.

Text der Originalausgabe

Ludwig Fulda.

Erwin Dürer.

(1887.)

Junge, du bist ja ganz verwandelt; ich erkenne dich gar nicht wieder!« so sagte eines Tages Meister Ruhland im Atelier zu seinem jungen Schüler. Meister Ruhland hatte recht. Aber es war alles ganz natürlich zugegangen.

Als einige Jahre zuvor Erwin Dürer kaum neunzehnjährig aus seiner thüringischen Heimat in die süddeutsche Kunststadt gezogen kam, da unterschied er sich in nichts von hundert andern seinesgleichen. Er wollte Maler werden. Warum? Er war in der Zeichenstunde immer der Erste gewesen, und sein Vater, ein ehrsamer und wohlhabender Weißbindermeister, der sich auf seine alten Tage bis zu sinnreichen Wirtshausschildern verstiegen hatte, wünschte durchaus, daß der Sohn noch ein größerer Künstler werde als er selbst. Dagegen hatte Erwin nichts einzuwenden. Er ergriff einen Beruf, weil er nicht von einem Beruf ergriffen wurde, und das Malen stellte er sich recht lustig vor.

So ganz lustig war es nun freilich nicht, wie er gedacht hatte. Der tüchtige Mann, zu dem er in die Lehre kam, hielt ihm gleich am ersten Tage eine Rede, welche in den Worten gipfelte: »Begabung ist eine Kutsche, und Fleiß ist ein Gaul. Der Gaul ohne Kutsche kann einen weiterbringen, die Kutsche ohne Gaul aber nicht.« Diese Rede hielt Meister Ruhland, vor seiner Staffelei stehend, und ohne von der Arbeit aufzublicken; denn er war gerade mit der Untermalung einer Pferdemarktscene beschäftigt.

Erwin ließ sich das gesagt sein. Er war fleißig ohne Uebereifer, thätig ohne Thatendrang. Er besaß die stille, beharrliche Arbeitsamkeit von Menschen, die durch nichts von ihrem geraden Wege abgelenkt werden, nicht durch innere Zweifel und Kämpfe, nicht durch flackernde Wünsche und Leidenschaften. Er lebte mit der größten Regelmäßigkeit, wurde von seinen jedesmaligen Wirtsleuten als Muster und Vorbild eines Mietsherrn vergöttert, legte sich jeden Abend Punkt zehn Uhr zu Bett und fand sich nach einem gesunden Schlaf jeden Morgen mit dem Glockenschlag acht Uhr im Atelier ein. Dieses Leben setzte er mehrere Jahre ohne die geringste Unterbrechung fort; nur im Sommer gestattete er sich eine Erholungsreise in das nahe Hochgebirge, bei der er jedoch seine Studien gewissenhaft weiter betrieb. Die einzige ernstere Erschütterung im Laufe dieser Jahre erfuhr er durch den plötzlichen Tod seines Vaters. Seine Mutter war ihm schon in früher Zeit entrissen worden.

Vor Meister Ruhland hatte er gleich anfangs einen gewaltigen Respekt empfunden. Dieser Respekt steigerte sich bald zu einer fast mädchenhaften Hingebung. Der alte Mann erwiderte das Gefühl in seiner Weise. Er hatte schon begabtere Schüler gehabt, doch von den meisten Undank geerntet; Mißtrauen und daraus entspringende Menschenscheu ließen ihn immer mehr vereinsamen. Auch besaß er die halb stolze, halb demütige Verschlossenheit eines Mannes, dessen blühende Träume einmal unter dem Frosthauche einer großen Enttäuschung erstorben sind. Das schmiegsame, willige, immer gleiche Wesen Erwins zog ihn an, die unbedingte Ehrfurcht des jungen Menschen wirkte tröstlich und wohlthuend auf ihn, und der Fleiß des Schülers, den Tadel und Mißerfolg niemals beirren konnten, erweckte in ihm eine väterliche Bewunderung.

Diese blieb sich gleich, auch als nach Jahren immer noch keine großen Resultate des Fleißes sichtbar wurden. Endlich stellte Erwin ein Bild aus, das Porträt einer alten Frau. Die Kritiker rühmten die Sorgfalt der Malerei, die Peinlichkeit der Pinselführung und Genauigkeit des Kolorits, die Kenner sprachen von der »Individualitätslosigkeit« des Bildes, und die jungen Maler stellten sich davor und machten schlechte Witze. Die letzteren lagen hier besonders nahe, weil der Unglückliche den Namen Dürer trug und der Vergleich mit seinem großen Nürnberger Namensvetter den komischen Kontrast schon in sich schloß.»Lucus a non lucendo!« sagten die Kunstjünger, die Lateinisch verstanden; die Mehrzahl, welche dieser klassischen Sprache nicht mächtig war, variierte denselben Gedanken in einheimischer Ausdrucksweise.

Ein guter Freund Erwins, der Schlachtenmaler Ballerstedt, der diese Scherze lachend mit angehört hatte, entrüstete sich nachträglich so sehr darüber, daß er sie dem Betroffenen haarklein wiedererzählte. »Du mußt dich darüber nicht grämen,« sagte er, indem er sich gleichzeitig eine Cigarette drehte; »solchem Spott entgeht niemand, und ein Mann wie du kann ihn verachten.«

Das that Erwin auch redlich. Aber als er nach Tisch – jene Unterredung hatte im Wirtshaus stattgefunden – das Atelier wieder aufsuchte, stieg zum erstenmal eine bittere Empfindung in ihm empor. Es regte sich etwas wie Groll in seinem Innersten, weniger gegen die Spötter als gegen sich selbst. »Ein Mensch meines Namens hat gelebt, der unendlich viel mehr konnte, als ich jemals zu stande bringen werde,« sagte er sich. »Wozu bin ich da? Was soll ich noch?« Und er kam sich selbst ziemlich überflüssig vor.

In dieser Stimmung betrat er das Atelier, wo Ruhland an einem größeren Bilde arbeitete. Es stellte den bewegten Vorgang einer Versteigerung dar und ging seiner Vollendung entgegen. Da dies Werk für die Ausstellung bestimmt war, welche im Mai eröffnet werden sollte, und das Frühjahr vor der Thüre stand, so mußte der Künstler mit doppelter Ausdauer schaffen. Der Raum, in dem Erwin zu arbeiten pflegte, stieß unmittelbar an das Atelier seines Lehrers und war von demselben nur durch eine immer offene Portiere getrennt. Dadurch wurde es möglich, daß beide, vor ihrer Staffelei stehend, sich miteinander unterhalten konnten, und Ruhland bekannte häufig, die Arbeit gehe ihm bei derartigen Distanzgesprächen leichter von der Hand. Heute aber warf Erwin hastig Hut und Mantel auf einen Stuhl seiner Werkstatt und eilte zu Ruhland hinüber.

»Was geht vor, mein Junge?« fragte der Alte in besorgtem Tone; denn Erwins verstörtes Wesen war ihm sofort aufgefallen. »Was geht vor?« Dabei deutete er auf einen niederen Sessel und tupfte gleich wieder an dem kräftigen Backenbart des Auktionators herum, der ihm noch immer nicht charakteristisch genug vorkam.

Erwin warf dem Sessel nur einen verlorenen Blick zu und begann, während er in dem mäßig großen Zimmer mit langen Schritten auf und ab ging, zu erzählen, weit lebhafter als sonst. Er berichtete, was für schlimme Dinge über ihn und sein Bild im Umlauf seien, und fügte hinzu, daß die Lästerer wohl nicht so ganz unrecht hätten. »Ist es nicht wirklich ein Hohn,« so fuhr er immer erregter fort, »daß ich, der Träger eines solchen Namens, nichts fertig bringe als fleißige Stümpereien? Wäre es nicht vernünftiger, ich bräche meinen Pinsel in zwei Stücke und stellte mich hinter den Ladentisch, wo ich doch wenigstens alles leisten könnte, was von mir verlangt wird?«

Er zerknüllte ein Zeitungspapier, das er vom Tisch mechanisch ausgegriffen hatte, zwischen den Händen und warf es trotzig zu Boden. Dann hielt er plötzlich in seiner Wanderung inne, ließ sich in den Sessel fallen und stützte den Ellbogen auf den Tisch, als müsse er diese trüben Gedanken sogleich weiterspinnen. Ruhland hatte ihm mit einer halb besorgten, halb erstaunten Miene zugehört. Er ließ sich dabei in der Arbeit nicht beirren; aber während er an seinem Auktionator herumpinselte, schielten seine alten Kinderaugen in immer kürzeren Zwischenräumen zu Erwin hinüber. Als dieser schwieg, legte er ganz gegen seine Gewohnheit Pinsel und Palette aus der Hand und trat dicht vor den ungebärdigen Schüler hin.

»Recht so, mein Junge!« sagte er ganz behaglich. »Laß dich nur tüchtig durchrütteln; das ist dir gesund. Aergere dich, und wenn dein Aerger vorüber ist, dann werden sich die andern ärgern; denn dann wirst du was können.«

Es war nicht zu ersehen, ob Erwin diese Worte überhaupt verstanden hatte; er stierte wie geistesabwesend auf den Boden, auf dem allerlei Kleinigkeiten herumlagen: Papierschnitzel, Farbenhülsen, Cigarrenstummel und einige Bleistifte.

»Ja, ja!« murmelte er vor sich hin.

Plötzlich fühlte er die Hände Ruhlands auf seinen Schultern. Nun hob er den Kopf empor und blickte dem Alten gerade in die Augen, welche einen mild feierlichen Ausdruck angenommen hatten.

»Du hast noch nichts erlebt, mein Junge, und deshalb hast du auch noch nichts geleistet. Du hast noch einen zu gesunden Schlaf. Wer gut malen will, der muß wenigstens eine Zeit lang sehr schlecht geschlafen haben – oder auch gar nicht. So habe ich's gelernt. Und weil jetzt der rechte Augenblick dazu ist, will ich dir's erzählen.«

Er machte eine Pause, als ob er eine Antwort Erwins erwartete; doch als dieser nur seufzend die Augen mit der Hand bedeckte, zündete er sich eine kleine Pfeife an, die auf dem Tisch gelegen hatte, zog sich einen Renaissancestuhl herbei, wie man ihn auf mehreren seiner Bilder abkonterfeit sieht, und begann:

»Ich erinnere mich nur dunkel an die Zeit, wo ich genau so war wie du. Ich war in demselben Alter, etwa vierundzwanzig. Weiß der Teufel, wie gescheit ich mir damals vorkam, und wenn ich einen Gaul gemalt hatte mit grünem Rasen drunter und blauem Himmel drüber, so war ich der Meinung, ich hätte eine Lücke in der Schöpfung ausgestopft. Ja, solche Meinungen kann ein vernünftiger Mensch haben, wenn er noch nichts erlebt hat. Aber dann kam's mit einem Male. Da zog an meinem blauen Himmel das Gewitter herauf und zerklatschte mir den grünen Rasen, daß ich ihn selbst nicht wiedererkannte. An einem Sommerabend geschah's, auf einem Bierkeller, wo ich an den Tisch einer lustigen Gesellschaft geriet. Lauter vergnügte, harmlose Menschen, alte und junge. Und sie war auch dabei. Sie schaute mich an mit ihren klaren Augen, als wollte sie sagen: Sind wir uns endlich begegnet? Das ist schön! Nun wollen wir auch fürs Leben hübsch bei einander bleiben. Und dann zog auf einmal das schwere Gewitter herauf, Blitz, Donner und Hagel. Wir mußten flüchten; im Gedränge verloren wir ihre Angehörigen. Eine Viertelstunde später war das Wetter vorbei, und der helle Mond sah zu, wie wir uns küßten.

Später hat auch die Sonne öfters zugeschaut; doch von der Seligkeit, deren Zeuge der Mond gewesen, konnte sie nichts wissen. Denn nun kamen die Sorgen; eintönig grau umringten sie mich und benahmen mir den Atem. Ich hatte eine geliebte Braut; aber das Glück, das wir uns träumten, war so fern wie der Rauch einer Hütte drüben über dem reißenden Strom. Sie besaß wenig, und der Ertrag meiner Bilder reichte kaum hin, mich allein vor Not zu schützen. So erschien die schwerste Stunde meines Lebens, die Stunde, wo ich zu wählen hatte zwischen meiner Liebe und meiner Kunst. Ich liebte meine Kunst, aber ich entsagte ihr um einer stärkeren Liebe willen. Ich kehrte zu dem Handwerk zurück, das ich in der Jugend gelernt, dem ich mich für immer entflohen geglaubt. Damals empfand ich nicht, was ich auf mich genommen. Denn als ich aus der Tischlerwerkstatt zu ihr kam, da fiel sie mir um den Hals und stammelte unter Küssen und Thränen: Du hast mir das größte Opfer gebracht; ich kann es nur vergelten durch tausendfältige Treue all mein Leben lang!

Siehst du, mein Junge, das hat sie wirklich gethan. Ich war geliebt wie je ein glücklicher Mensch. Und dennoch litt ich, weil ich meine Kunst nicht vergessen konnte. Aber so oft eine sanfte Hand über meine brennenden Schläfen glitt, da dachte ich mir: Wie nun, wenn ich meiner Liebe entsagt hätte? Das hätte die Muse doch nicht gekonnt!

Acht Jahre lang dauerte dieses Glück und diese Pein. Und als endlich ein Bild von mir, das einzige, welches ich mir während all der Zeit in mühsam zusammengescharrten Freiheitsstunden abgerungen, weit über mein Erwarten gefiel, als ich freudiger in die Zukunft blicken durfte, als meine Erlösung aus dem Joch bevorstand, da ist mir meine Frau an einer jähen Krankheit gestorben. . . . Ich stand an ihrem Grabe und hatte den Mut, das Haus wieder zu betreten, aus dem man sie fortgetragen. Als ich nach Monaten wieder zu mir kam, da wußte ich, daß ich nur noch *ein* Glück vom Leben zu erwarten hatte, nicht das größte, aber doch groß genug, um dafür weiter zu atmen, das Glück der Arbeit. Und da wußte ich auch, daß ich malen konnte.«

Der alte Mann schwieg. Erwin hatte aufmerksam zugehört. Jetzt beugte er sich nieder und ergriff mit beiden Händen Ruhlands Rechte. »Lehren Sie mich, was ich thun soll,« sagte er leise.

»Laß dich vom Leben belehren!« erwiderte Ruhland. Er stand auf und schüttelte sich ein wenig, als könne er dadurch die unerbetene weiche Stimmung von sich abwerfen. Dann that er drei große Schritte auf die Staffelei zu und hatte schon ein paar kräftige Pinselstriche gemacht, als Erwin sich endlich auch erhob und langsam nach der Richtung seines Ateliers ging.

»Halt einmal, Erwin!« rief jener hinter seinem Bilde hervor. »Heute wird es mit dem Arbeiten doch nichts. Ich bin auf dem besten Wege, meinen Auktionator total zu verderben. Da ist's ratsam, ganz aufzuhören. Und du wirst auch nicht gerade in der Schaffenslaune sein; drum will ich dir einen Vorschlag machen. Begleite mich zu meiner Schwägerin. Wir werden dort königlich empfangen werden. Die gute Frau drängt mich schon lange, daß ich einmal zum Kaffee kommen soll. Sie hat Besuch aus der Provinz, und da möchte sie gern mit mir Staat machen.«

Eine halbe Stunde später befanden sich die beiden auf dem Wege zu Frau Petri, der Schwägerin Ruhlands, deren Wohnung von dem Atelier nur durch einige Straßen getrennt war.

* * *

Frau Petri war die ältere Schwester von Ruhlands verstorbener Gattin. Ihren Mann, einen nüchternen, aber durch und durch ehrenhaften Beamten, mit dem sie in einer kleinen bayrischen Stadt während ihrer mehr als zwanzigjährigen Ehe vortrefflich ausgekommen war, hatte sie vor einigen Jahren verloren. Sie war dann auf den Rat ihres vorsorglichen Schwagers in die Residenz übergesiedelt, weil die knappe Pension einer Amtsrichterswitwe nicht einmal für ihre bescheidenen Bedürfnisse ausreichte, und die Kunststickerei, mit der sie sich fortzuhelfen suchte, in der großen Stadt mehr abzuwerfen versprach. Ruhland hatte die alte Dame in zartfühlender Weise unterstützt, und da sie in ihren Mustern viel Geschmack und einen gewissen Erfindungsreichtum bewies, so wurden ihre Arbeiten immer besser bezahlt, und sie konnte zuletzt dem Maler mit stolzer Freude anzeigen, daß ihr Einkommen nun nicht allein zu einem behaglichen Leben hinreiche, sondern daß sie sich auch noch etwas zurückzulegen im stande sei.

Dieser Aufschwung ihrer Verhältnisse ermöglichte ihr auch, sich einen lange gehegten Wunsch zu erfüllen. Sie konnte die beste Freundin, welche sie sich in der kleinen Provinzstadt erworben hatte, einladen, in Gesellschaft ihrer Tochter sie zu besuchen und einige Zeit bei ihr zuzubringen. Frau Rüdiger - so hieß die Freundin - war beträchtlich jünger als Frau Petri, aber früh verwitwet. Sie fühlte sich, als ihr Mann, den sie leidenschaftlich geliebt hatte, schon drei Jahre nach ihrer Verheiratung gestorben war, unendlich vereinsamt und lebte in fast menschenscheuer Zurückgezogenheit nur der Erziehung ihres Kindes. Umsomehr wunderten sich die Basen des Städtchens, als fast plötzlich eine warme Freundschaft zwischen ihr und dem Ehepaar Petri entstand und sie im Hause des Amtsrichters ein täglicher Gast wurde. Man wußte dafür nur die eine Erklärung, daß zwischen dem Amtsrichter und der noch hübschen Frau zarte Beziehungen bestünden, und bedauerte die arme, betrogene Gattin. Aber man irrte sich; denn es war gerade diese, welche den schönen Freundschaftsbund geknüpft hatte, und die eigentliche Veranlassung dazu war niemand sonst gewesen als Hedwig, Frau Rüdigers Töchterlein. Das blonde Kind mit den rührenden, dunklen Augen hatte oft, wenn es allein oder in Begleitung seiner Mutter, eine zierliche Büchertasche am Arm, von der Schule kam, die besondere Aufmerksamkeit der guten Dame erregt. Ja, es war ihr nach und nach geradezu ein Bedürfnis geworden, dem kleinen Wesen zu begegnen, und sie blickte ihm stets mit jener aus gutmütigem Neid und sehnsüchtiger Zärtlichkeit gemischten Empfindung nach, wie sie bei kinderlosen Frauen der Anblick fremden Mutterglückes wachzurufen pflegt. Weder dem Kinde noch der Mutter entging diese Liebe aus der Entfernung, und da die einsame Frau sehr wohlthuend davon berührt wurde, suchte und fand sie Gelegenheit, die Bekanntschaft der Amtsrichterin zu machen. Niemand war glücklicher als diese; denn nun war ihrem unschuldigen Kultus keine scheue Zurückhaltung mehr auferlegt. Schon wenige Monate später avancierte Frau Petri bei der kleinen Hedwig ein für allemal zur Tante, und nach einem halben Jahre faßte sie sogar den Mut, den ernsten Herrn Amtsrichter Onkel zu nennen. Dies war die einfache Entstehungsgeschichte der treuen Freundschaft beider Familien, und lange Jahre hatten ihre Festigkeit erprobt.

Seit etwa vierzehn Tagen weilten Frau Rüdiger und Hedwig im Hause von Ruhlands Schwägerin. Man hatte diese Zeit eifrig zur Besichtigung aller nur denkbaren Sehenswürdigkeiten benutzt. Nur die größte Sehenswürdigkeit, als welche Frau Petri ihren Schwager den »Kunstmaler« anpries, wurde noch immer nicht gezeigt.

Es erregte denn auch kein geringes Aufsehen, als heute zur Kaffeestunde an die Thür gepocht wurde und ganz unerwartet Meister Ruhland mit seinem Schüler in die kleine wohnliche Stube trat. Die drei Damen hatten am Fenster gestanden, um bei möglichst günstiger Beleuchtung ein neues Stickmuster zu betrachten; nun ließen sie alle drei in der ersten Ueberraschung gleichzeitig den Stramin los, daß das Muster zur Erde fiel. Frau Petri eilte mit Lebhaftigkeit den Eintretenden entgegen. Frau Rüdiger wechselte einen schnellen, vielsagenden Blick mit ihrer Tochter. Hedwig geriet in die größte

Verlegenheit und bückte sich, weil ihr nichts andres einfiel, nach dem Stickmuster, hob es auf, strich sorgfältig darüber hin und rollte es zusammen. Ruhland hatte unterdessen Mühe, seine Schwägerin zu beruhigen. Denn sie beklagte ein über das andre Mal, daß sie nichts vorher von diesem Besuch gewußt, weil sie gerne so seltenen Gästen auch etwas Besonderes vorgesetzt hätte. Dann führte sie die beiden nicht ohne Stolz den Damen zu, welche noch am Fenster standen. Ruhland bewies die Ueberlegenheit des Weltmannes; er schüttelte Frau Rüdiger und ihrer Tochter herzlich die Hand und wehrte die Komplimente der ersteren lächelnd ab.

»Aber was hörte ich denn immer?« fuhr er fort, halb zu seiner Schwägerin gewandt. »Hier im Hause war nur die Rede von der *kleinen* Hedwig, und nun finde ich ein großes Fräulein, groß – und schön.«

Die beiden letzten Worte sprach er in leiserem Tone, damit nur die Mutter sie hören solle. Dennoch wurde Hedwig rot und schlug die Augen nieder, aber nicht weil sie jene Worte verstanden. Erwin hatte sie, seit er eingetreten war, unverwandt angesehen mit einem fast schüchternen Ausdruck und mit einem Blick, in dem sehr viel huldigende Verwunderung lag. Nun war ihr Auge diesem Blick begegnet.

Frau Petri hatte inzwischen noch zwei Tassen auf den bereits gedeckten Tisch gesetzt und im Hintergrunde eine kurze, aber wichtige Konferenz mit ihrer Magd abgehalten, worauf diese mit einem Nicken des Einverständnisses wieder verschwunden war. Der seelenvergnügten Dame war in der Aufregung die Schleife ihres Häubchens aufgegangen. Hedwig sah, wie sie daran herumnestelte und war froh, eine Beschäftigung zu finden. Sie sprang herzu und band die Schleife mit behenden kleinen Fingern. Dann nötigte Frau Petri ihre Gäste am Tische Platz zu nehmen. Frau Rüdiger und Ruhland mußten sich als Honoratioren auf das Sofa setzen. Ruhland prüfte das weitläufige Möbel mit etwas mißtrauischen Blicken, wich jedoch der Gewalt und versank mit einem komischen Seufzer in der linken Ecke, während Frau Rüdiger die rechte eingeräumt wurde. Zu seiner andern Seite saß Hedwig, neben dieser Erwin; Frau Petri nahm den noch übrigen Platz zwischen ihm und ihrer Freundin ein, sprang aber jeden Augenblick wieder auf, um zu sehen, wo der Kaffee bliebe.

Endlich balancierte die Magd ein großes Brett mit einer bauchigen altmodischen Porzellankanne zur Thüre herein. Die Wirtin gab ihr einen Wink, sich zu entfernen, und wollte den Kaffee selbst eingießen; doch Hedwig bestand darauf, daß ihr als der Jüngsten dies Amt zufalle. Sie versah dasselbe mit jener zierlichen Anmut der Bewegungen, welche Erwin schon aufgefallen war, als sie die Schleife gebunden. Zu ihm kam sie zuletzt.

»Lieben Sie hell oder dunkel?« fragte sie ihn.

»Recht dunkel,« gab er zur Antwort. Er drehte sich dabei nach ihr um und sah ihr in die Augen. Sie errötete wieder, und es schien ihm, als ob ihre Hand leicht zitterte, während sie einschenkte. Darauf setzte sie sich und bediente sich selbst. Erwin bot ihr den Zucker an.

»Ich danke,« sagte sie, »ich nehme nie Zucker zum Kaffee.«

»Dann vermute ich, daß Sie sehr viel Willenskraft haben.«

Sie sah ihn an, als erwarte sie die Auflösung eines Rätsels.

»Ja,« fuhr er fort, »ich glaube beobachtet zu haben, daß alle die Leute, welche den Kaffee ohne Zucker trinken, sehr energische Naturen sind.«

Sie lachte, und er fand ihr Lachen ungemein melodisch; nur begriff er nicht, was sie gerade daran lächerlich fand.

Frau Petri machte ihrem Schwager Vorwürfe, daß er nicht schon früher einmal gekommen sei. Ruhland hörte ihr von seiner Sofaecke aus, in welcher er sich nun ganz behaglich eingerichtet hatte, mit Gelassenheit zu.

»Du redest ja gerade,« unterbrach er sie endlich, »als ob ich den lieben langen Tag nichts zu thun hätte. In einem Monat ist der letzte Ablieferungstermin für die Ausstellung, und da bleibt mir wenig Zeit für freundschaftliche Kaffeestunden.«

Frau Rüdiger sah von ihrer Tasse auf. »Ich habe immer gemeint,« sagte sie zu ihrem Nachbar gewandt, »daß die Künstler zu beneiden seien, weil sie durchaus die Herren ihrer Zeit sind. Und erst ein

Mann wie Sie ist doch gewiß nicht genötigt, fortwährend zu arbeiten, sondern kann ruhig abwarten, bis die richtige Stimmung kommt.«

Ruhlands gutmütiges Gesicht nahm einen ernsten Ausdruck an.

»Sehen Sie, verehrte Frau,« sprach er mit sanfter Bestimmtheit, »das ist eine sehr verbreitete Ansicht, welche uns aber sehr unrecht thut. Denn sie stempelt uns im besten Fall zu liebenswürdigen Müßiggängern. Gerade wer Herr seiner Zeit ist, wird doppelt mit ihr Haus halten, weil die Pflichten, die wir uns selber auferlegen, die stärksten sind. Und was nun gar die ›Stimmung‹ betrifft, dies Wort habe ich niemals recht leiden können. Es ist die ewige Entschuldigung der Faulheit und Schwäche. Wer nicht allezeit die richtige Stimmung hat für die Sache, der er sein Leben widmet, an dessen Künstlerschaft kann ich nicht glauben.«

Frau Petri warf einen leuchtenden Blick erst auf Ruhland, dann auf Frau Rüdiger, als wollte sie sagen: »Nun, habe ich zu viel versprochen? Ist er nicht eine Sehenswürdigkeit?« Hedwig spielte mit den Fransen des Tischtuchs. Erwin betrachtete sie prüfend. Er fand ihr Profil wunderbar schön; aber er wußte noch immer nicht, was er von ihr halten sollte.

»Du bist ja ganz verstummt, mein Junge,« sagte Ruhland zu ihm. »Willst du mir etwa nicht recht geben?«

Erwin hatte die Empfindung, als sei er ertappt worden. Er wußte im ersten Augenblick nicht, was er antworten sollte. Da fühlte er, daß Hedwig ihn fragend anschaute, und das machte ihn mit einem Male beredt.

»Wie könnte ich eine andre Meinung über die Kunst haben als Sie,« fing er an, »da ich alles, was ich von ihr weiß, Ihnen verdanke? Als ich hierher kam, war sie mir noch ein leerer Schall; aber jetzt liebe ich sie, weil ich von Ihnen gelernt habe, sie zu lieben. – Leider bin ich noch ohne Gegenliebe,« setzte er mit einem gezwungenen Lächeln hinzu.

»Das sind seine tragischen Gedanken,« bemerkte Ruhland, gleichsam entschuldigend. »Er wäre kein ehrlicher Freier, wenn sie ihm fehlten. Aber seine Flamme wird ihn schon erhören, das versichere ich Ihnen.«

Es trat eine Pause in der Unterhaltung ein, weil niemand wußte, wie dieses Thema fortzuführen sei. Frau Petri hatte die Geistesgegenwart, dem Gespräch eine andre Wendung zu geben. Sie erzählte ihrem Schwager, daß die Damen erst nur zu einem ganz kurzen Besuch sich hätten verstehen wollen, daß sie ihnen aber keine Ruhe gegeben bis sie versprochen hätten, noch mindestens einen Monat zu bleiben. »Und ich lasse sie auch nicht fort,« sagte sie eifrig, »bis sie alles Schöne hier gesehen und genossen haben. Nun wird es nicht mehr lange dauern, bis die milden Tage kommen, und dann wollen wir ein paar Ausflüge ins Gebirge unternehmen. Hedwig kennt bis jetzt nur ihre heimatlichen Maulwurfshügel. Da sollst du Augen machen, mein Kind!«

»Du wirst mir sie noch ganz verwöhnen,« unterbrach Frau Rüdiger lächelnd ihre Freundin.

»Lieben Sie die Natur, Fräulein Hedwig?« fragte Ruhland.

»O ja, ich möchte gar zu gern die Berge sehen!«

Ein verlorener Strahl der sinkenden Sonne, die noch zuletzt die dichten Wolken durchbrochen hatte, fiel in die Stube und glitt über Hedwigs Haare hin. Noch einige Sekunden spielte er auf dem Bilde über dem Sofa, welches Ruhlands verstorbene Frau darstellte – in ihren Mädchenjahren. Dann verlosch er plötzlich, und es begann zu dämmern.

Ruhland schilderte mit großer Anschaulichkeit die ersten Wanderungen, die ihn als jungen Mann ins Hochgebirge geführt hatten. Damals habe man noch die ganze abenteuerliche Romantik einer Fußreise durchkosten können von der wilden, erhabenen Einsamkeit bis zum Strohlager in der Scheune und zum unglaublich schlechten Essen. Er sei in Gegenden gekommen, wo ein Fremder schon an und für sich eine unheimliche Merkwürdigkeit gewesen, und als er gar seinen Malerkasten geöffnet und mit dem Pinsel zu hantieren angefangen, da habe sich manch ein Bäuerlein bekreuzigt und sei ihm ausgewichen wie einem bösen Spuk. »Jetzt ist es freilich anders geworden,« so schloß er, »aber schwerlich besser. Der böse Spuk ist nun wirklich da; eine Menge von gelangweilten und langweiligen Sommerfrischlern machen die entlegensten Thäler unsicher, und ein unglücklicher Maler findet nirgends mehr ein Plätzchen, das ihn vor der Zudringlichkeit der Neugierde schützt. Doch die Eingeborenen bekreuzigen sich nicht mehr, sondern suchen ihre Gewissensangst durch große Rechnungen zu beschwichtigen.«

Der Maler mußte selber lächeln über die lebhafte Heiterkeit, die seine Worte besonders bei Hedwig hervorriefen. Sie hatte, wenn sie lachte, eine eigentümliche Art, den Kopf seitwärts zu neigen und ihre rechte Wange in die Hand zu stützen; dies stand ihr ausnehmend gut und gab ihrem Gesichtchen etwas allerliebst Schelmenhaftes. Es bereitete Erwin das größte Vergnügen, sie lachen zu sehen. Aber plötzlich nahmen ihre Augen einen seltsamen Glanz an. »Ich möchte frei sein und wandern können durch die ganze Welt!« Sie erschrak, wie sie das gesagt hatte, als wäre ihr wider ihren Willen ein Geheimnis entlockt worden.

Der alte Maler betrachtete das Mädchen mit beinahe väterlicher Zärtlichkeit; aber er schwieg. Nach Art aller verschlossenen Menschen verwahrte er das Milde und Sonnige seiner Natur am ängstlichsten. Erwins bemächtigte sich mehr und mehr eine seltsame Erregung, über die er sich selbst keine Rechenschaft geben konnte. Er war gewohnt, auch in seinen Gefühlen genaue Ordnung zu halten und im Geiste Buch darüber zu führen; jetzt beunruhigte er sich doppelt, weil etwas Neues, noch nicht Erlebtes in ihm vorging, für das er noch keinen Namen wußte.

»Da die Herren Künstler sich so ungern bei der Arbeit belauschen lassen,« nahm Frau Rüdiger das Wort, »so haben wir auch kaum den Mut zu fragen, ob wir einmal Ihr Atelier besuchen dürfen?«

»Nun, das wäre noch schöner,« eiferte Frau Petri mit vorweggenommener Entrüstung. »Wozu hätte ich denn einen Schwager, wenn er so ein Bär sein wollte, meine Gäste von seiner Schwelle wegzugraulen!«

»Glauben Sie ihr nicht,« wandte sich Ruhland mit behaglichem Lächeln an seine Nachbarin. »Ich bin kein Bär, wenn ich auch manchmal brumme. Und man hat schließlich noch so viel Farbensinn, daß man Freunde nicht mit Zudringlichen verwechselt. Lassen Sie sich recht bald bei uns blicken; Sie werden uns willkommen sein; nicht wahr, Erwin?«

»Ich würde mich außerordentlich freuen,« versicherte dieser, »wenn auch bei mir nur wenig zu sehen ist.« Gleichzeitig überlegte er sich, wie er bis dahin sein Atelier herrichten solle, damit es Hedwig besser gefalle.

Frau Petri gab sich mit unbestimmten Versprechungen nicht zufrieden. Es mußte für diesen Besuch sofort eine Stunde ausgemacht werden. »Also übermorgen Vormittag,« entschied sie endlich, nachdem einige andre Vorschläge keine Majorität bekommen hatten.

Mittlerweile war der Abend herangeschlichen, und in dem dämmernden Zwielicht ließen sich nur noch die allgemeinen Konturen unterscheiden. Die Stube schien größer und höher geworden, und unwillkürlich dämpften die Sprechenden den Klang ihrer Stimme. Frau Petri betonte, daß jetzt die eigentliche Plauderstunde gekommen sei. Dennoch wollte das Gespräch nicht mehr recht in Fluß kommen, und es war eine vergebliche Mühe der Wirtin, als sie immer wieder von etwas Neuem anfing. Ruhland und Frau Rüdiger gehörten überhaupt nicht zu den redseligen Leuten. Hedwig saß unbeweglich, die Hände in den Schoß gefaltet. Erwin war der einzige, an den sich Frau Petri mit einigem Erfolg halten konnte; aber er gab ganz zerstreute Antworten.

Eine wohlige träumerische Stimmung hatte sich der Gesellschaft bemächtigt. Dennoch empfanden es alle wie eine Art von Befreiung, als Ruhland sich erhob und zum Aufbruch mahnte. Frau Petri versuchte zwar ernstlich, ihn zurückzuhalten; aber er sowohl als Erwin, der sogleich auch aufgestanden war, zeigten unerbittliche Festigkeit. Man verabschiedete sich rasch. Erwin machte vor Hedwig eine wohlgelungene Verbeugung und war schon im Begriff Ruhland zu folgen, als er merkte, daß sie ihm die Hand hatte reichen wollen. Sie hatte sie jedoch schon sinken lassen, als er die seinige ausstreckte. Er glaubte zu bemerken, daß sie darüber lächelte. Mit einer ärgerlichen Beklommenheit stieg er neben Ruhland die Treppe hinab. –

»Das ist ein prächtiges Mädel!« sagte der Maler, als sie unten auf der Straße angekommen waren. Erwin erwiderte darauf nichts, und so gingen sie schweigsam miteinander bis zum Atelier, wo Ruhland auch seine Wohnung hatte. Hier trennten sie sich. »Gehst du noch in die ›Lilie‹?« fragte der Alte seinen Schüler. Die »Lilie« war das

Lokal, in welchem dieser sich allabendlich mit einigen Bekannten zusammenfand. Erwin beantwortete die Frage bejahend.

Sobald er aber allein war, erschien es ihm wie eine Unmöglichkeit, heute Abend noch Kneipenluft zu atmen und sich über ganz gleichgiltige Dinge herumzustreiten. Er schlug deshalb den Weg nach seiner Behausung ein.

Seine Wirtsfrau fragte ihn besorgt, ob er nicht wohl sei. Denn er war, so lange er bei ihr wohnte, noch niemals um diese Zeit heimgekommen. »O doch,« erwiderte er lustig. Dann begab er sich in sein Zimmer, und sie hörte, wie er darin mit großen Schritten auf und ab ging und eine leichte Melodie vor sich hinträllerte. –

Frau Petri und ihr Besuch saßen noch am runden Tisch beisammen. Das Gespräch drehte sich beinahe ausschließlich um die beiden Künstler. Eine Lampe stand jetzt in der Mitte des Tisches, und jede von den Damen hatte ihre Handarbeit vorgenommen. Hedwig beteiligte sich sehr geflissentlich an den Lobeserhebungen, die man Ruhland widmete. Er sei ihr gar nicht wie so ein berühmter Mann vorgekommen, versicherte sie, sondern wie ein alter Freund. Und er besitze sehr treuherzige Augen; man müsse ihm alles glauben, was er sage. Sie habe sich übrigens unter einem Künstler immer etwas ganz andres gedacht; Ruhland sehe eigentlich aus wie ein Kastellan oder wie ein Uhrmacher. Wenn dagegen die Rede auf Erwin kam, der den alten Damen sehr gefallen hatte wegen seiner Ruhe und Wohlerzogenheit, so blieb sie stumm und beugte sich tief zu ihrer Arbeit hinab.

»Ich war sehr überrascht, liebes Kind,« sagte Frau Petri zu Hedwig, ohne von ihrer Stickerei emporzuschauen, »sehr überrascht, daß du so verändert warst. Sonst bist du das Fräulein Uebermut, und auf meinen Schwager hattest du dich ja besonders gefreut. Aber du thatest beinahe, als ob du Furcht vor den beiden Herren hättest.«

Hedwig senkte den Kopf noch tiefer; sie mußte sich in den Stichen verzählt haben.

Ihre Mutter übernahm es, sie zu rechtfertigen. »So ist sie immer, wenn Fremde zugegen sind.«

Einige Minuten lang herrschte Stillschweigen. »Es ist hier sehr heiß,« sagte dann Hedwig, indem sie ihre Arbeit auf den Tisch legte und sich mit der Hand über die Stirne fuhr. – –

Sie konnte lange nicht einschlafen in dieser Nacht. Fortwährend sah sie Erwin vor sich stehen, und er schaute sie an mit jenem stillen, verwunderten Blick wie zuerst, als er in die Stube getreten war. Sie gab sich endlich die größte Mühe, dies Bild zu verscheuchen, doch umsonst. Dann zerflatterte es von selbst, aber nur um sich in tausend flüchtige Vorstellungen aufzulösen, die alle wieder zu ihrem Ausgangspunkt zurückkehrten. Bald befand sie sich in Erwins Atelier, wo an den Wänden lauter schöne Prinzen hingen, sämtlich von ihm gemalt. Und er selbst war ein schöner Prinz; er reichte ihr seinen Arm, und sie fühlte, wie ihr das Blut in die Wangen stieg. Bald glaubte sie von einem hohen Berg hinabzublicken auf ein weites Thal mit vielen Flüssen und Seen, die alle von der untergehenden Sonne vergoldet waren. Und wiederum stand Erwin neben ihr. Jetzt aber schaute er ihr tief in die Augen, und sie glaubte, seine Stimme zu hören: »Recht dunkel, das liebe ich!« – So träumte sie sich in den Schlaf. Doch jene wechselnden Bilder umgaukelten auch die Schlummernde, nur unzusammenhängend, widerspruchsvoll, verwirrt und verzerrt. Sie fuhr in einem kleinen Kahn auf einem See, der unendlich groß sein mußte; denn sie konnte keine Ufer sehen. Erwin ruderte, und dabei schaute er sie unverwandt an. Plötzlich ließ er die Ruder fallen; mit Angst bemerkte sie, wie eines nach dem andern langsam vom Bootsrand ins Wasser hinabglitt. Dann hatte Erwin, ohne daß sie sich dessen bewußt geworden, ihre beiden Hände ergriffen; sie überließ sich ihm ruhig, während er leise flüsterte. Sie verstand die Worte nicht; aber eine unsagbare Zufriedenheit, eine vertrauliche Seelenstille war über sie gekommen. Lächelnd schloß sie die Augen. Ein unheimliches Rauschen schreckte sie wieder empor; da war sie allein im Boot und Erwin verschwunden. Aber der See toste und kochte rings um sie herum, immer wilder, immer ungestümer. Sie schrie auf in namenloser Pein; eine große, weiße, sprudelnde Welle schlug in den Kahn, daß er schwer wurde und sank und sank ... Da wachte sie auf, kam langsam zur Besinnung, und es deuchte ihr, als vernähme sie noch immer die unheimliche Stimme des grollenden Sees. Doch es war nur das Rauschen ihres erhitzten Blutes. Durch die geschlossenen

Vorhänge des Fensters fiel ein matter, ungewisser Schein, und sie hörte nichts mehr als das bedächtige Ticktack der Wanduhr und die tiefen Atemzüge ihrer schlafenden Mutter.

* * *

Am Morgen des übernächsten Tages trat Erwin eine gute halbe Stunde früher als gewöhnlich in sein Atelier. Zunächst warf er einen Blick in den halb erblindeten Spiegel, der zwischen einem in Kreide gezeichneten Laokoon und der Farbenskizze einer Gebirgslandschaft an der grau getünchten Wand hing. Er fuhr sich einigemal mit der Hand durch die Haare und zupfte an seiner Krawatte herum, bis ihr Aussehen seinem Ideal von nachlässiger Zufälligkeit entsprach. Im Nebenraum war alles ruhig; der Meister befand sich also noch in seiner Wohnung. Erwin nickte befriedigt; denn zu dem, was er plante, wollte er keinen Zeugen haben.

Einige Augenblicke stand er in der Mitte des Zimmers und nahm Inventar. Dann setzte er sich auf den niedrigen Schemel vor seiner Staffelei, um noch einmal zu überlegen, nach welchem Prinzip er sein Atelier für den Besuch am würdigsten und zweckmäßigsten vorbereiten könne. Ordnung zu machen und all die hunderterlei Kleinigkeiten, wie Gebrauch und Zufall sie auf dem Fenstersims, den Tischen, Stühlen, Wandbrettern und auf dem Fußboden zerstreut hatten, wegzuräumen, diesen Gedanken verwarf er sofort. Der Eindruck des Ursprünglichen, der künstlerischen Sorglosigkeit mußte unter allen Umständen gewahrt bleiben. Nur einzelnes konnte hier verbessert werden. Einen alten Sessel befreite er von mehreren verstaubten Mappen und illustrierten Zeitungen; dann breitete er eine rote Peluchedecke, die er vor kurzem zu Studienzwecken gekauft hatte, über den schadhaften Bezug. Ebenso wurden zwei Holzstühle, auf denen eine bunte Gesellschaft von Flaschen, Pinseln, Büchern und sonstigem Krimskrams versammelt war, gesäubert und mit zwei altmodischen gestickten Kissen, Erbstücken seines Elternhauses, belegt. Die so geschmückten Möbel stellte er in einiger Entfernung vor seine Staffelei, so daß sie als Sperrsitze gelten konnten, welche der gefällige Künstler ein für allemal seinen Besuchern reserviert hatte. Die ausquartierten Mappen, Zeitungen und Bücher schichtete er auf dem ehrwürdigen Sofa zusammen;

doch das gefiel ihm noch nicht recht. Er legte sie fächerförmig und kreuzweise; einige von den Büchern schlug er auf; aus den Mappen ließ er ein paar Skizzen, die er sorgfältig ausgewählt hatte, halb heraussehen. Dieses Arrangement fand seinen besonderen Beifall, als er zwei Schritte zurücktrat, um es im Ganzen zu überblicken. Eine Theemaschine und eine Porzellantasse, auf der mit großen blauen Buchstaben sein Vorname eingebrannt war, entfernte er nach kurzem Besinnen gänzlich.

Hierauf ging er wieder zu seiner Staffelei. Er rückte sie hin und her, um ihr die möglichst günstige Beleuchtung zu sichern; er stellte sie etwas tiefer, dann eine Kleinigkeit höher. Erst zuletzt fiel ihm ein, daß eigentlich nichts darauf stand, was die Besichtigung lohnte. Das neue Bild, welches er vor kurzem begonnen hatte, war noch ganz in den rohesten Anfängen. Es sollte einen jungen Bauernburschen darstellen; aber nur Eingeweihte vermochten dies aus den krausen schwarzen Linien und den paar bunten Klecksen zu erraten. So konnte das nicht bleiben. Er nahm die Leinwand herunter und stellte dafür das Porträt der alten Frau hinauf, welches im schönen Goldrahmen umgedreht an der Wand gelehnt hatte, seit es als unverkäuflich zu seinem Schöpfer wieder heimgekehrt war. Aber auch die Längswand gegenüber der Staffelei kam ihm unerträglich kahl vor. Er beschloß, diesem Uebelstand dadurch abzuhelfen, daß er hier noch einige seiner gelungensten Skizzen anheftete. Mit großer Sorgfalt suchte er dieselben aus, meist Einzelfiguren, weil er auf diesem Gebiet sich am stärksten glaubte. »Nein, sie ist eine Freundin des Gebirges!« fuhr es ihm durch den Kopf. Und er legte seine Bauern und Bäuerinnen wieder in die Mappe zurück, um statt ihrer Landschaften daraus hervorzuholen. Vier oder fünf dieser Veduten bestanden in der engeren Wahl als Sieger und wurden in symmetrischer Anordnung an der Wand befestigt. Laokoon und der alte Spiegel mußten weichen; der letztere wanderte in die Verbannung einer finsteren Ecke des Kleiderschrankes.

Noch allerlei kleinere Umgestaltungen nahm Erwin vor, bis das Gesamtbild annähernd seine Wünsche befriedigte. Und doch, wie er sich jetzt in den Sessel niederließ, um ein wenig auszuruhen, da überfiel ihn eine tiefe Traurigkeit, ein ratloses Verzagen, ein bitteres Mitleid mit sich selbst, wie er es nie vorher empfunden hatte. Er war nie ehrgeizig gewesen, noch weniger neidisch auf fremde Erfolge. Auch vorgestern hatte seine Verstimmung nur die Oberfläche seiner geordneten Seele berührt; es war mehr ein Aerger gewesen über das ironische Verhängnis, das in seinem Namen lag, als der Beginn eines inneren Streites. Aber heute! Da hatte er nun mühevoll sein ganzes künstlerisches Besitztum gleichsam in Parade aufgestellt, das Resultat seines Lebens. und das alles erschien ihm heute wie nichts, wie gar nichts, nicht einmal wert, daß zwei große dunkle Augen nur eine Sekunde darauf verweilten. Ja, wäre es nicht besser, sie würden gar nicht hereinschauen in diese unsägliche Armut, um sich dann enttäuscht und entnüchtert davon abzuwenden! Zum erstenmal fühlte er einen glühenden, verzehrenden Drang, etwas zu vermögen, etwas zu schaffen, etwas Großes, Gewaltiges, Hinreißendes. Er preßte seine Hände ineinander; es war ihm zu Mute, als müsse er fliehen vor sich selbst und sei doch ewig, ewig angekettet. »Ich möchte frei sein und wandern können durch die ganze Welt!« Er wußte nicht, warum diese Worte Hedwigs ihm gerade jetzt wieder lebendig wurden. Unwillkürlich griff er nach seinem Herzen, und ein paar Thränen traten ihm in die Augen.

Die Thüre des anstoßenden Ateliers wurde geräuschvoll ins Schloß geworfen. Ruhland war eingetreten, zog seinen Arbeitskittel an und ging ohne weiteres ans Werk, wie dies seine Art war. Erwin erhob sich rasch und machte sich etwas zu schaffen für den Fall, daß sein Lehrer zu ihm hereinkommen werde. Aber dieser rief ihm, schon vor seiner Staffelei stehend, nur ein flüchtiges Gutenmorgen zu. Er erwiderte den Gruß, indem er dabei mit nicht geringer Anstrengung seine Stimme zu einem gleichgiltigen Tone zwang. Sonst war Ruhland in allen Dingen sein Vertrauter gewesen; nichts hatte sich während langer Jahre zugetragen, was er ihm nicht sofort gebeichtet. Heute fühlte er sich nicht fähig, auch nur ein Wort über die Lippen zu bringen.

Einige Stunden verflossen, für Ruhland in angespannter Thätigkeit, für Erwin in jenem willenlosen Müßiggang, der uns bezwingt, wenn wir einer großen Entscheidung entgegenharren. Worin diese Entscheidung bestehen sollte, darüber wurde er sich selbst nicht klar. Doch gerade deshalb steigerten sich seine verworrenen Phantasien, denen er ohne jede Ablenkung anheimgegeben blieb, zu einem wollüstigen Rausche, zu der schlaffen Betäubtheit, die sogar den Schmerz wie ein dumpfes Behagen empfindet.

Erst als gegen Mittag an Ruhlands Thüre gepocht wurde, fuhr er empor. Er mußte sich einen Moment lang besinnen, wie jemand, den man aus tiefem Schlafe geweckt hat. Nun vernahm er bereits die lebhafte Stimme der Frau Petri und Ruhlands heitere Bewillkommnung. Sie waren da! Wunderlicherweise schien er sich jetzt vollständig beruhigt; er hatte sogar die Unbefangenheit, seinen bisherigen Zustand komisch zu finden. Sollte er hineingehen? Sollte er warten, bis die Damen selbst zu ihm hereinkämen! Diesem Zweifel wurde er schnell überhoben. »Erwin!« rief Ruhland, »unser hoher Besuch ist eingetroffen. Hilf mir repräsentieren!«

Mit formeller Verbindlichkeit begrüßte Erwin die Ankömmlinge. Auch Hedwig reichte er die Hand; aber er traute sich nicht, ihr herzhaft ins Gesicht zu schauen. Ruhland hatte sich neben seine Staffelei gestellt und gab allerlei Erklärungen zu dem noch unvollendeten Gemälde, dessen Absichten jedoch schon in erfreulicher Wirkung zu Tage kamen. Frau Petri hatte eine Lorgnette vorgenommen und betrachtete das Bild mehr aus der Entfernung. Die Perspektive trete so besser hervor, behauptete sie. Frau Rüdiger dagegen ließ es sich nicht nehmen, das Detail aus nächster Nähe zu bewundern. Vor allem, meinte sie, müsse der Fußboden – Steinplatten, auf welche aus großen Fenstern ein ungleiches Licht fiel – außerordentliche Schwierigkeiten verursacht haben. Ruhland setzte ihr sehr geduldig auseinander, daß er eigentlich noch größeren Fleiß auf die Figuren habe verwenden müssen. Hedwig fand besonders den Auktionator mit der Hornbrille und der roten Nase sehr gelungen; fast genau so habe ihr Geschichtslehrer ausgesehen. Ob Herr Ruhland den gekannt habe?

Sie ließ ihre Augen ungeduldig im ganzen Atelier herumfahren und richtete ihre weiteren wißbegierigen Fragen an Erwin, da der Schöpfer der »Versteigerung« noch immer ganz von den beiden Damen in Anspruch genommen war. Sie fand es ermüdend, bei *einem* Gegenstand so lange zu verweilen. Erwin führte sie herum und gab zu allem, dessen Bedeutung ihr unverständlich blieb, gewissenhafte Erläuterungen. So waren die beiden zum erstenmal sich selbst überlassen. Beide wurden sich dessen gleichzeitig bewußt; aber dies Bewußtsein wirkte verschieden auf sie. Während Erwin einer starken Beklemmung nicht Herr werden konnte und nur mit Mühe den Schein der Unbefangenheit bewahrte, durchströmte

Hedwig ein Gefühl des Glückes. Die reiche Genußfähigkeit ihres jungen Lebens brach hervor. Eine undeutliche Stimme sagte ihr, daß sie sich nach dieser Stunde zurücksehnen werde, wenn sie vergangen sei. Drum wollte sie die Gegenwart tief einatmen, wie den süßen Duft der ersten Veilchen. Sie wunderte sich selbst über ihre Beherztheit; denn sie war sehr gesprächig geworden, und die verschiedenen Merkwürdigkeiten des Ateliers bildeten nicht mehr die Grenzsteine der Unterhaltung. War Erwin neulich angezogen worden durch ihr anmutiges Schweigen, heute entzückte ihn ihr liebliches Plaudern. Sie sprach – ja, wovon? Von jenem reizenden Garnichts, bei dem die Worte nicht Worte sind, sondern Töne einer bestrickenden Melodie, die so unendlich rührend ist, weil sie unbewußt und absichtslos hervorquillt aus der erwachenden Seele . . .

So hatten sie die Rundreise um das geräumige Atelier beendet und standen bei der Portiere, die zu Erwin hinüberführte. Frau Petri und Frau Rüdiger ließen sich gerade die Farbenmischung enträtseln, welche für den Rock einer Bäuerin in Anwendung gekommen war. »Hier hause ich,« sagte Erwin zu Hedwig, indem er nach dem Nebenraume wies. »O, zeigen Sie doch,« erwiderte sie mit unverhohlener Neugier.

Da war sie in seinem Atelier – sie allein. Das Herz klopfte ihm hörbar. Worauf sollte er zuerst ihre Blicke lenken? Was mochte ihr die größte Freude machen? Mit einem Male eilte sie nach dem Fenster hin und klatschte in die Hände wie ein Schulmädchen: »Ein Schwalbennest!« rief sie. »Das bedeutet Glück! Nein, sehen Sie nur, da steckt ein Schwälbchen den Kopf heraus. Die ist aber schon früh wieder da! Grüß Gott! Grüß Gott!« Dabei machte sie einen Knix und behauptete dann ernstlich, das Tierchen habe ihr Kompliment erwidert. »Sie kennen mich alle und haben mich lieb; bei uns im Wald, da gibt es eine Menge; Sie sollten nur einmal hinkommen!«

Erwin konnte einen leisen Aerger nicht unterdrücken. Er hatte sich so lange geplagt, um für seine künstlerische Einrichtung ihren Beifall zu erringen, und nun bewunderte sie eine Schwalbe! Er hatte das Nest bis jetzt nicht einmal bemerkt; nur hie und da war er durch ein Geflatter vor den Scheiben in seiner Arbeit gestört worden.

Bereits hatte Hedwig sich zu den Landschaftsbildern gewendet, die er heute früh an die Wand geheftet hatte. Unruhig glitten ihre

Augen darüber hin und verweilten nur länger bei einer großen Farbenskizze, welche den Walchensee darstellte. »Dort muß es herrlich sein!« sprach sie, mit der Hand darauf hindeutend. Erwin bemerkte gleichsam entschuldigend, daß es eine seiner frühesten Arbeiten sei. Er zeigte nach dem Porträt der alten Bäuerin auf der Staffelei. »Dies hier wird Ihnen wohl besser gefallen.«

»O, die ist alt und runzelig,« sagte Hedwig. »Aber sie ist so natürlich, daß man ordentlich Angst vor ihr hat.« Sie lehnte sich über den großen Sessel und schaute angelegentlich zu dem jungen Maler hin. »Wissen Sie, Herr Dürer, wenn ich malen könnte, ich würde lauter schöne Leute malen.« In demselben Augenblicke wurde sie feuerrot und stammelte: »Ich rede wohl rechten Unsinn. Sie müssen deshalb nicht böse sein; ich verstehe ja gar nichts davon.« Wie bittend streckte sie dabei ihre Hände aus. Erwin war bezaubert; so schön hatte er sie noch nie gefunden wie jetzt. »Wenn ich sie malen dürfte,« fuhr es ihm blitzschnell durch den Sinn, und laut und lauter widerhallte es in ihm: »Wenn ich sie malen dürfte!«

Er führte sie weiter; aber es entging ihm nicht, daß ihre Gedanken nicht bei der Sache waren, daß sie sogar manchem, wovon er sich besondere Wirkung versprochen, gar keine Aufmerksamkeit schenkte. Das konnte ihm bei seiner jetzigen Stimmung nicht mehr empfindlich sein; denn er selbst überraschte sich dabei, wie außerordentlich gleichgiltig seine ganze kleine Welt ihm nun vorkam. Fast erschien ihm dies alles wie etwas Fremdes, Fernliegendes, was ihn nur zufällig umgab, ihn aber streng genommen gar nichts anging. Er ahnte, daß auch der altgewohnte Raum uns neu wird, wenn wir etwas Neues darin erleben.

»Hier müßte man gut tanzen können,« nahm Hedwig das stockende Gespräch wieder auf. »Tanzen Sie gern?«

Erwin gestand, daß ihm selten dazu Gelegenheit werde. Er habe sie auch eigentlich niemals aufgesucht.

In Hedwigs Fußspitzen kam eine merkliche Unruhe. »Ich tanze leidenschaftlich gern,« versicherte sie. »Mit mir müßten Sie nur einmal auf einem Balle sein; ich würde es Sie schon lehren. Als Kind hatte ich eine große Puppe mit dummen Augen; von der habe ich's gelernt. Den ganzen Tag bin ich mit ihr in der Stube herumgetanzt, bis meine Mutter die Puppe einsperrte. Da horchte ich am Schrank und meinte immer, sie darin herumspringen zu hören. So einfältig war ich damals.«

Von diesem Geplauder hatte Erwin nichts vernommen. Ein Entschluß kam in ihm zur Reife und rang nach Worten.

»Wollten Sie mir eine recht große Bitte gewähren, Fräulein?« Er war ganz bleich geworden.

Hedwig wurde ängstlich und versuchte nach ihrer Mutter zu spähen, welche noch immer in Ruhlands gründliche Auseinandersetzungen vertieft war. »Was wünschen Sie?« fragte sie mit unsicherer Stimme.

»Wenn Sie meine Bitte nicht erfüllen wollen, so . . . so seien Sie wenigstens nicht ungehalten darüber. Ich möchte . . . ich möchte Ihr Porträt malen. Es ist die reinste künstlerische Absicht, welche mir den Mut gibt . . . und wenn Sie mir's verweigern, dann machen Sie mich sehr unglücklich.«

Er hatte den Blick gesenkt und schien, während er sprach, die Knöpfe seines Rockes zu zählen.

»Hedwig, wo bist du denn?« rief in diesem Augenblicke Frau Rüdiger.

»Hier bin ich! Ich sehe die Bilder bei Herrn Dürer an,« gab sie zur Antwort. Dann trat sie einen Schritt auf Erwin zu und reichte ihm, ohne ihn anzusehen, die Hand. Er fühlte einen leisen Druck und wußte, daß seine Bitte gewährt war. Als er seinen Dank stammeln wollte, war sie schon hineingesprungen zu ihrer Mutter. Da breitete er die Arme aus, als ob sie Flügel wären. Draußen fing die Schwalbe zu zwitschern an, und in seinem Innern jubelte eine Stimme empor, die er bisher noch niemals vernommen hatte.

* * *

Ungefähr eine Woche später stand Ruhland mit gekreuzten Armen unbeweglich vor Erwins Staffelei. In dieser Stellung verharrte er schon zehn Minuten lang, ohne auch nur mit der Wimper zu zucken. Erwin aber blickte mit den Gebärden eines Kandidaten, der das Resultat der großen Staatsprüfung erwartet, bald auf sein in der

Arbeit befindliches Gemälde, bald auf seinen angewurzelten Meister. Endlich nahm dieser die gekreuzten Arme auseinander, faltete die Hände, streckte sie mit auswärts gekehrten Handflächen vor sich hin und sprach dann mit gewichtigem Ton jene Worte: »Junge, du bist ja ganz verwandelt; ich erkenne dich gar nicht wieder!«

Noch zweifelte der so Angeredete, ob er den Ausspruch als Lob oder als Tadel aufzufassen habe. Doch er sollte nicht lange zweifeln. Der alte Mann legte ihm die Hand auf die Schulter: »Wenn du das so fertig machst, wie du es angelegt hast« - seine Stimme klang wider Willen bewegt - »dann wirst du zu denen gehören, die etwas können.«

Ein freudiger Schreck durchlief Erwin mit beinahe lähmender Gewalt. »Meinen Sie wirklich?« brachte er stotternd heraus.

»Und ich will dir auch sagen, warum,« fuhr Ruhland mit schlecht verhehlter Ergriffenheit fort. »Weil es über dich gekommen ist, das Große, das Unendliche, das man nicht erlernen, sondern nur erleiden kann.«

»Ich . . . o nein . . . ich –« Mehr konnte Erwin nicht sprechen. Er fühlte sich wie von einem Strudel erfaßt und im Kreise herumgewirbelt. Was er in all diesen Tagen sich selbst nicht gestanden, sein Meister hatte es ihm offenbart, und er sträubte sich nur noch gegen das aufflammende Glück wie jemand, der geblendet vom plötzlichen Strahl der Sonne die Augen zudrückt.

»Weil es über dich gekommen ist!« Ja, das war das rechte Wort. Immer die eine, die einzige Gestalt vor sich sehend, am klaren Tag und in schlaflosen Nächten, all sein Denken ihr hingegeben, all sein Wollen vereint in der Sehnsucht, sie nachzuschaffen . . . so hatte er das Werk begonnen. Und nun war er die ganze Zeit fortgewandert im Rausche des Gelingens und mit der Sicherheit des Nachtwandlers. Ruhlands Wort hatte ihn aufgeweckt, hatte ihn zurückschauen lassen nach dem schmalen, luftigen Pfad, den er träumend gegangen war - und ihm schwindelte.

Der alte Mann erstaunte nicht weiter, als Erwin nach einigen kaum verständlichen Redensarten der Entschuldigung seinen Hut ergriff und ins Freie stürmte. Er nickte ihm befriedigt nach, als wollte er sagen: »So gefällst du mir.« Wieder stand er einige Minuten mit gekreuzten Armen vor dem Bild. »Hm! Es ist merkwürdig,« murmelte er, »sehr merkwürdig.« Dann ging er langsamen Schrittes an seine Arbeit, die so gut wie vollendet und nur noch hier und dort der letzten Hand bedürftig war.

Erwin schlug die Richtung nach dem Park ein, der sich bald in der menschenleeren Stille des Mittags vor ihm ausdehnte. Es war ein warmer, heiterer Tag, wie der beginnende April deren nicht viele aufweist. Der Frühling schien vor seinem feierlichen Einzug die große Hauptprobe abhalten zu wollen. Darum präludierten die Vogelstimmen in den hohen Wipfeln der alten Bäume; darum plätscherten die Gewässer mit ernsthafter Geschäftigkeit vorüber; darum hatte das Strauchwerk sich in aller Eile mit zarten, grünen Spitzen geschmückt. Freundliches Licht rieselte durch das Geäst an den Stämmen herab und spielte flimmernd über den Kiespfad. Auf der Wiese öffneten die Gänseblümchen ihre rötlich angehauchten, verschlafenen Kelche und blinzelten noch etwas mißtrauisch zum blauen Himmel empor.

Allmählich nahm der einsame Spaziergänger einen ruhigen Schritt an. Seine Gedanken ordneten sich; es wurde ihm möglich, ohne jähe Sprünge seiner erregten Phantasie die letzten Tage geordnet zu überschauen.

Er gehörte zu den Menschen, deren Denken sich mit Vorliebe ihrem eigenen Zustande hingibt, die immer Zeit haben, sich mit sich selbst zu beschäftigen. Nur gerade in diesen Tagen war er nicht dazu gekommen, und so holte er es jetzt gewissenhaft nach.

Wie diese Liebe nur erstanden war! Früher hatte er den Frauen gegenüber niemals eine kühle Gleichgiltigkeit verloren, selbst dann, wenn seine Sinne berührt worden. »Ich bin eben kein Weiberknecht,« hatte er sich oftmals gesagt und war der Ueberzeugung gewesen, sich damit ein großes Kompliment zu machen. Und diese Augen hatten es ihm angethan, gleich als er zum erstenmal hineingeblickt. Warum eigentlich? Unstreitig war zuerst der Künstler in ihm erwärmt worden; ja – so mußte es sein. In diesem Antlitz hatte er sein künstlerisches Ideal gefunden, das er bisher nur dunkel geahnt! Und jetzt lag es ihm klar am Tage, warum alles, was er vordem geschaffen, unzulänglich gewesen war. Er warf den Kopf in den Nacken, und ein prickelndes Selbstbewußtsein erfaßte ihn: »Ja, ich bin doch ein wirklicher Künstler; die Art meiner Liebe beweist es.«

Auf einer Brücke stand er still, lehnte sich über das Geländer und schaute mechanisch in das sprudelnde Wasser, das hier über malerisch gelagerte Steine hinweg in breiter Kaskade herabschoß. Ruhlands anerkennende Worte gingen ihm wieder und wieder durch den Sinn; so hatte der Meister noch nie zu ihm gesprochen. Dabei war es doch nur die Arbeit weniger Tage, die solches Lob hervorgerufen. Was für ein Werk konnte das werden, wenn er es mit gleicher Begeisterung zu Ende führte! »Erwin Dürer,« murmelte er plötzlich vor sich hin, als ob er den Klang seines Namens erproben und sich zugleich überzeugen wollte, daß er mit dem Träger desselben identisch sei.

Die Mittagszeit war lange vorüber, als er von seinem Spaziergang in die Stadt zurückkehrte. An einer Biegung der Straße kam ihm sein guter Freund, der Schlachtenmaler Ballerstedt, entgegen – in Gesellschaft einer auffallend gekleideten jungen Dame, mit welcher er in ein sehr angelegentliches Gespräch verwickelt schien. Als er jedoch Erwins ansichtig wurde, verabschiedete er sich rasch von seiner Begleiterin und trat auf den Kollegen zu. Er erkundigte sich, warum Erwin heute an der Mittagstafel der »Lilie« gefehlt habe. Dieser gab eine ausweichende Antwort.

»Hast du sie dir angesehen? Hübsch, nicht wahr?« fragte Ballerstedt und drehte den Kopf mit blinzelnden Augen halb nach der Richtung, wo die Dame soeben hinter der Straßenecke verschwunden war. Der Schlachtenmaler stand in dem Ruf, ein Günstling des schönen Geschlechts zu sein, und gab sich viele Mühe, diesen Ruf aufrecht zu erhalten.

»Ich habe nicht acht gegeben,« versetzte Erwin nachlässig.

»Nun ja, ich sage dir's immer, daß du keine Augen hast. Willst du eine Cigarette?« Er hielt ihm ein Etui hin, aus dem er zugleich sich selbst bediente.

Erwin hatte, während er die Cigarette nahm und anzündete, ein Gefühl unaussprechlicher Erhabenheit. Früher hatte er Ballerstedt manchmal beneidet; jetzt kam es ihm vor, als müsse er ihn bemitleiden.

»Weißt du schon, daß mein ›Vorpostengefecht‹ verkauft ist?« fing jener wieder an, seinen Schnurrbart zwischen den Fingern drehend.

»So, so? Ich gratuliere.«

»Was ist dir denn passiert? Du bist ja heute so einsilbig und zugeknöpft!«

»Gar nichts,« erwiderte Erwin und lächelte dabei wie jemand, dem es schmeichelt, den Eindruck des Geheimnisvollen zu erregen. Dann entschuldigte er sich mit irgend einer Ausflucht und hing, als er wieder allein war, den angenehmsten Einbildungen nach. –

Um dieselbe Zeit saßen Frau Petri und Hedwig an dem Fenster der Wohnstube sich gegenüber. Frau Rüdiger war gleich nach Tische fortgegangen, um Einkäufe zu machen; Hedwig hatte nach der Rückkehr vom Atelier über Abspannung geklagt und war deshalb jetzt auf Wunsch ihrer besorgten Mutter zu Hause geblieben. Nun hielt sie mit je zwei Fingern einen Strang gelber Seide, welchen Frau Petri auf ein Röllchen abzuwickeln beflissen war. Sie trug noch das helle Kleid, in dem Erwin sie malte; die kurzen Aermel desselben streiften sich bei der senkrechten Haltung der Unterarme bis auf die Ellenbogen zurück.

Sobald die Seide aufgewickelt war, begann Frau Petri zu sticken, und Hedwig nahm ihr Lieblingsbuch zur Hand, das aufgeschlagen auf dem Fenstersims gelegen hatte: Grimms Kinder- und Hausmärchen. Doch sie las nur wenige Zeilen; dann klappte sie das Buch zu und sagte, indem sie ihre Augen auf die schon etwas verblaßte Photographie über dem Sofa richtete: »Du versprachst mir doch, Tante, mir einmal von deiner Schwester zu erzählen.« Frau Petri wandte gleichfalls unwillkürlich den Kopf nach dem Bilde und seufzte leicht.

»Nicht wahr, sie ist sehr glücklich gewesen?« begann Hedwig wieder, ohne auf Antwort zu warten.

»Ja, mein Kind, sehr glücklich. Sie hat ihren Mann über alles geliebt, und er hat es auch verdient.«

»Das glaube ich wohl,« bestätigte Hedwig. Plötzlich glitt sie, als ob dies zum Zuhören besser sei, von ihrem Stuhl herab, ließ sich auf den Fußschemel nieder und schmiegte sich an die alte Dame, die dem Liebling mit ihrer schmalen durchsichtigen Hand über die welligen Haare strich.

Darauf begann sie zu erzählen, wie ihre Schwester noch nicht achtzehnjährig den jungen unbekannten Maler geliebt habe, gleich als er ihr zum erstenmal begegnet sei. »Die Eltern waren dagegen,« fuhr sie fort, »und ich selbst - das muß ich bekennen - riet ihr ab. Denn ich bangte für ihre Zukunft, weil Ruhland arm war, und weil ich als ein altkluges Ding dem Künstlervolk nicht über den Weg traute. Aber meine Schwester erwiderte ruhig: Wer so redet, der kennt ihn nicht; er ist groß und gut. So hat sie es durchgesetzt.«

»Und sie hatte recht,« rief Hedwig leidenschaftlich, mit leuchtenden Augen.

»Kind, was ist dir?« forschte Frau Petri ganz verdutzt.

»Nichts; bitte, erzähle mir weiter!«

Dann schilderte Frau Petri dem aufhorchenden Mädchen das Opfer, welches Ruhland seiner Liebe gebracht, wie er auf sein Höchstes verzichtet habe um ihretwillen, und mit welchem Zartsinn er es ihr zu verbergen gewußt, was er dabei litt. Doch vor ihrem frühen Ende sei noch ihr sterbender Blick auf das Bild gefallen, mit dem er seinen Ruhm begründet. »So schied sie glücklich, wie sie gelebt,« schloß Frau Petri, »und als ich damals an ihrem Lager stand, da mußte ich trotz meiner Trauer sie selig preisen und habe einsehen lernen, daß es keine größere Sünde gibt, als wenn man ein Menschenkind verhindern will, dem freien Zuge seines Herzens zu folgen.«

Hedwig war aufgesprungen, umschlang die Erzählerin und bedeckte ihr Wangen und Mund mit glühenden Küssen.

* * *

Je mehr das Porträt auf Erwins Staffelei der Vollendung entgegenschritt, um so dringlicher erschien dem jungen Maler die Notwendigkeit, sich zu erklären. Stundenlang saß ihm zwar jeden Morgen die Geliebte gegenüber, und es wurde ihm nicht schwer, sie länger auf dem Modellstuhl festzuhalten, als für seine Arbeit erforderlich gewesen wäre. Aber keine Minute war er in all dieser Zeit allein mit ihr gewesen; denn regelmäßig kam sie in Begleitung ihrer Mutter, welche mit unwahrscheinlicher Geduld auf dem alten Sofa ausharrte. Und nebenan hantierte Ruhland, der nur den Kopf zu wenden brauchte, um ein großes Stück von Erwins Atelier zu überschauen! So mußte er sein Geständnis wieder und wieder verschieben.

Allmählich war ihm seine Liebe ein so selbstverständliches Lebenselement geworden, daß seine Gedanken bei ihr verweilen konnten, ohne ihm das Gleichmaß des Gemüts ernstlich zu stören. Der glühende Rausch der ersten Tage war verflogen, und nachdem einmal die Umwälzung seines Innern vor sich gegangen, wurde ihm der neue Zustand zur Gewohnheit. Er bemerkte das wohl; aber es beunruhigte ihn keineswegs. »Man kann nicht dauernd in Ekstase sein,« so tröstete er sich; »ich bin nun ein für allemal verwandelt, und was in mir zum Durchbruch gekommen ist, das ist unverlierbar.« Au Hedwigs Gegenliebe zu zweifeln, kam ihm gar nicht in den Sinn; wenn er in ihre Augen sah, wenn ihre Hand zum Willkomm und Abschied in der seinigen ruhte, wenn er überhaupt in ihrer Nähe weilte, so war es ihm so deutlich, als habe es eine feurige Hand an die Mauer geschrieben, daß sie ihn liebte.

Ruhlands Urteil über das fortschreitende Bild blieb ein freudig anerkennendes, wenn er sich auch nicht mehr zu dem Enthusiasmus verstieg, den der erste Entwurf in ihm wachgerufen hatte. »Eine ausgezeichnete Arbeit,« sagte er jedesmal, wenn Erwin seinen Richterspruch verlangte. Insgeheim jedoch verhehlte er sich nicht, daß die hinreißende Unmittelbarkeit der ersten Skizze stark eingebüßt habe. »Aber es wird ihm auch so noch einen Namen machen,« dies war der beschwichtigende Refrain seines Selbstgespräches.

Die »Versteigerung« hatte der Künstler mittlerweile vollendet und der allgemeinen Besichtigung für wenige Tage zugänglich gemacht, ehe sie verpackt und zur großen Ausstellung gesandt werden sollte. Das figurenreiche Gemälde fand ungeteilten Beifall; nur von einer jungen weiblichen Gestalt im Vordergrund, deren Ausführung Ruhland übrigens bis ganz zuletzt sich aufgespart hatte, behaupteten einige Kenner, es sei eine allzu genaue Wiederholung nach früheren Bildern des Meisters. Die Eingeweihten wußten das zu erklären. »Es ist seine verstorbene Frau,« sagten sie und wunderten sich auch nicht darüber, daß die hellsten Lichter des hereinfallenden Sonnenstrahls gerade diese Gestalt umwoben.

In den letzten Tagen des April war auch Hedwigs Porträt so weit gefördert, daß Erwin der ungeduldig werdenden Frau Rüdiger endlich zugestehen mußte, sich mit noch zwei Sitzungen zu begnügen. An einem trüben Morgen, der ab und zu kurze Regenschauer gegen die Scheiben des Ateliers jagte, erschien Hedwig – zum zweitletztenmal. Ihre Begleiterin war jedoch heute nicht ihre Mutter, denn diese mußte wegen einer leichten Erkältung das Zimmer hüten, sondern Frau Petri.

Wie gewöhnlich nahm Hedwig nach einer kurzen, vertraulichen Begrüßung auf dem Modellstuhl Platz, während Frau Petri sogleich zu dem Bilde eilte und sich in Ausrufen des Entzückens gar nicht genug thun konnte. Dabei hing Hedwigs Auge an Erwin mit dem Ausdruck hingebender Bewunderung.

»Nicht wahr, es ist sehr geschmeichelt, Tante?« fragte sie etwas kleinlaut die ganz begeisterte Dame.

»O, es ist treffend ähnlich!« rief diese mit großer Geläufigkeit. »Und dabei das etwas schmachtend schwärmerische der ganzen Auffassung, der ideale Zug um die Augen und die Drapierung und das Kolorit – ja, vor allem das Kolorit! Himmlisch, Herr Dürer; ich sage Ihnen, himmlisch!«

Der so Gelobte stand unbeweglich hinter der Staffelei. Es that ihm wohl, diese überschwenglichen Worte zu hören, weil auch Hedwig sie hörte. »Wenn ein Künstler so glücklich ist, solch einen Gegenstand zu finden –« bemerkte er zuletzt abwehrend, mit etwas unsicherem Tonfall.

Hedwig senkte die Wimpern tief herab und atmete schwer. Sie hatte die Hände in den Schoß gefaltet, die Zähne aufeinander gepreßt und horchte auf das Prasseln des Regens, den eben wieder ein heftiger Windstoß gegen das Fenster peitschte. Sie meinte in dem gleichmäßigen Geräusch eine Stimme zu vernehmen, welche eintönig wiederholte: »Niemals! niemals!«

Frau Petri wurde derselbe Platz auf dem Sofa eingeräumt, den ihre Vorgängerin eingenommen hatte, und Erwin begann zu malen. Er that wenigstens so. Es war ihm unmöglich, ernsthaft zu arbeiten.

Morgen würde sie ihm wieder so gegenübersitzen, zum letztenmal! Und keine Gelegenheit des Alleinseins! Wenigstens zermarterte er vergeblich seine Phantasie, eine solche ausfindig zu machen. Schon mehrmals war er im Begriff gewesen, Ruhland sein Leid zu klagen und ihn um seinen Beistand zu bitten. Aber im entscheidenden Augenblick hatte er's doch nie übers Herz gebracht.

Etwa nach einer Viertelstunde streckte Ruhland seinen Kopf zur Thüre herein, die auf den Flur ging, und rief: »Guten Morgen!« Gegen Frau Petri, die ihn ins Zimmer holen wollte, wehrte er sich mit einer drollig beschwörenden Handbewegung: »Ich bin in ganz unpräsentablem Zustand; denn heute bin ich ausnahmsweise wieder mehr Tischler als Maler. Die ›Versteigerung‹ wird hier außen verpackt und vernagelt unter meiner persönlichen Leitung. Ihr werdet sogleich an dem lieblichen Spektakel erkennen, daß ich die Wahrheit gesprochen. – Also einstweilen addio!«

Dabei zog er den Kopf wieder zurück und in der That begann draußen fast gleichzeitig das Klopfen und Hämmern. Jedoch während der Maler bereits den Handwerksleuten allerlei Weisungen erteilte, gingen ihm andre Gedanken durch den Sinn. Es war seinen klaren Augen nicht entgangen, wie bleich Hedwig aussah. »Hm!« dachte er, »vielleicht läßt sich in dieser Sache etwas thun.«

Das Hämmern auf dem Flur und das Rauschen des nun sachte und träg herniedersinkenden Regens ließ den drei Personen im Atelier ihr völliges Stillschweigen weniger auffallend erscheinen. Die stets fleißige Frau Petri hatte aus ihrem Arbeitskörbchen eine kleine Stickerei herausgenommen und war eifrig daran beschäftigt. Erwin pinselte ziemlich mechanisch an einem Glanzlicht des Kleides herum und Hedwig hielt, ohne sich viel zu regen, einen Band illustrierter Zeitungen, den sie schon hundertmal durchgeblättert, auf dem Schoß.

Nach einer geraumen Weile wandte sich der junge Maler an Hedwig: »Was halten Sie davon, wenn ich Ihnen eine Blume ins Haar geben wollte? Ich glaube, es würde sich gut ausnehmen.«

»Freilich!« erwiderte sie lebhaft. »Ich liebe die Blumen. Eine weiße Rose, nicht wahr? – Das wäre mir das liebste.«

»Also eine weiße Rose!« stimmte er bei. »Es wird zwar etwas viel Hell; aber das thut nichts.«

»Natürlich, darin besteht gerade das Aparte der Farbengebung!« ließ sich Frau Petri vom Sofa aus vernehmen.

Erwin schritt zum Tisch, zog dessen Schieblade auf und holte, nachdem er länger in derselben herumgekramt, einige gemachte Blumen hervor. Eine davon, die freilich mit einer weißen Rose nur ganz entfernte Aehnlichkeit hatte, wählte er aus; darauf brachte er auch den in die Ecke des Kleiderschranks verbannten Spiegel zum Vorschein. Den letzteren reichte er Hedwig und befestigte die Papierblume in ihrem Haar.

Während eines Augenblickes war er ihr so nahe, daß eine überfallende Locke sein Antlitz streifte. Jetzt hätte er ihr das entscheidende Wort ins Ohr flüstern, ihre Wange in scheuem Kusse berühren können. Aber er wagte es nicht. Und wie wäre es möglich, alles, was er ihr sagen wollte, in wenige Worte zusammenzudrängen! Drum fragte er nur mit gezwungener artistischer Gelassenheit: »Gefällt es Ihnen so?«

Als seine Hand ihre Locken berührt hatte, war es ihr zu Mute gewesen, als wäre ein glühender Stern vom Himmel herab auf ihren Scheitel gefallen. Ein angenehmer Schmerz durchzuckte sie, so daß sie die Augen schließen mußte. Nur eine Sekunde später schlug sie dieselben wieder auf, aber mit einer Art von langsamem Wiedererinnern wie nach tiefem Schlaf. Da fiel ihr erster Blick auf ihr eigenes Spiegelbild: auf ein bleiches Antlitz, zu dem sich die tote weiße Blume wie trauernd herniederbeugte. Ein Schauer lief eisigkalt durch ihre Glieder; sie meinte, sie habe sich in ihrem Sarg gesehen. . . . »Nein, ich will leben, ich will glücklich sein!« rief es in ihr, und leise sprach sie zu Erwin: »Nehmen Sie die Blume lieber weg; sie drückt mich.«

Er gehorchte stumm und dachte dabei: »Jetzt muß ich es ihr sagen, oder ich bin ein Feigling.«

Die Thüre nach dem Flur wurde wieder geöffnet. Diesmal erschien Ruhland in ganzer Gestalt, in der Rechten einen Hammer wie eine Siegestrophäe schwingend. Er betrachtete mit eigentümlich verschmitztem Lächeln die beiden jungen Leute und trat zu seiner

Schwägerin: »Das große Werk ist gethan,« begann er in seinem muntersten Ton. »Nun kann ich mit gutem Gewissen mich meiner Angehörigen erinnern. Willst du nicht das Monstrum beaugenscheinigen, bevor es fortgeschleppt wird?« Und flüsternd fügte er hinzu: »Ich hätte auch sonst noch allerlei mit dir zu reden.«

Frau Petri sah ihren Schwager etwas zweifelhaft an und schaute erst zu Erwin, dann zu Hedwig hinüber, um damit gleichsam mimisch ihre amtlichen Obliegenheiten anzudeuten. Aber Erwin stand bereits wieder vor seiner Staffelei eifrig malend, wie es schien, und Hedwig starrte regungslos in ihr Bilderbuch. So ergriff sie denn nach einigem Zögern den Arm, den Ruhland ihr galant gereicht hatte, sagte im Vorübergehen zu ihrer Schutzbefohlenen, sie werde gleich wieder da sein, nicht ohne dabei dem jungen Maler einen sprechenden Seitenblick zu senden, und verließ mit ihrem Schwager das Atelier. Draußen fragte sie ihn, der lustig pfeifend neben ihr herschritt, warum er so vergnügt sei. »Weil jetzt alles in Ordnung ist,« gab er zur Antwort.

Nun waren die beiden allein. –

»Endlich!« dachte Erwin, als seinem spähenden Auge der Saum von Frau Petris Kleid hinter der Thüre verschwunden war, und diese geräuschvoll ins Schloß fiel.

»Endlich!«

Tausendmal hatte er sich die Worte eingeprägt, mit denen er Hedwig seine Liebe gestehen wollte. Sogar dem richtigen Tonfall war er auf die Spur gekommen. Oft hatte er sich dabei betroffen, wie er diese Worte vor sich hinmurmelte: auf Spaziergängen, bei der Arbeit, ja selbst im Halbschlummer unruhiger Nächte. Nun wußte er keine Silbe mehr davon.

Er sah empor und bemerkte, daß in Hedwigs Augen helle Thränen schwammen. Sie empfand ein unendliches Weh, ohne daß ihr deutlich wurde, warum. In einem Nu war er bei ihr.

»Sie weinen, Fräulein Hedwig,« rief er mit bebender Stimme. »Sie haben Kummer!«

»O nein,« stammelte sie und begann zu schluchzen.

»Wissen Sie denn nicht,« fuhr er sich selbst vergessend fort, »daß ich es nicht ertrage, Sie weinen zu sehen? Ich ... Ja ich. Und ich selbst bin so tief traurig, daß es zu Ende sein soll, alles ... alles zu Ende!«

Mit sanfter Gewalt zog er ihr die Hände von den Augen. Er faßte sie beide und hielt sie gegen seine Brust gedrückt. Sie suchte umsonst ihr thränenfeuchtes Antlitz an der Stuhllehne zu verbergen. »Hast du mich ein wenig lieb?« flüsterte er.

»Ja,« hauchte sie kaum hörbar, ohne sich zu bewegen, und ihre Thränen flossen wieder reichlicher.

Er beugte sich zu ihr hinab und drückte einen langen, heißen Kuß auf ihre Stirn. Sie wandte das Haupt; ein rosiger Schimmer flog über ihre Wangen und verklärte ihre feuchten Augen wie ein Morgenrot des Glückes. Langsam hob sie die Arme empor, die schlaff herabgesunken waren, und umfing seinen Hals. »Ja,« wiederholte sie wie träumend, noch leiser als das erste Mal. Da fanden sich ihre Lippen. –

Wie lange es währte, daß sie sich schweigend umschlungen hielten, sie wußten es nicht. Es war märchenstill. Der Regen hatte aufgehört, und versprengte Tropfen rannen an den Scheiben hernieder. Hinter leichterem Gewölk schwebte die Sonne strahlenlos am Himmel dahin.

»Erwin!« So klang es in seligem Ton von Hedwigs Munde, und wieder: »Erwin!« Sie wurde nicht müde, den Geliebten beim Namen zu nennen, als könne sie nur so Gewißheit erlangen, daß alles Wirklichkeit sei.

* * *

Mit blauen Augen schaute der Frühling ins Land herein. Nachdem in den ersten Tagen des Mai noch ein kräftiges Schneegestöber sich eingestellt und das zarte junge Grün mit weißem Mantel zugedeckt hatte, schmolz dieser plötzlich in einer warmen sternhellen Nacht hinweg, und als in der Frühe verschlafene, mißtrauische Gesichter aus den Fenstern blickten, da schmeichelte ihnen die weichste, lieblichste Luft als Gutenmorgengruß des Frühlings um

Stirn und Wangen. Nur vertrocknete, griesgrämige Gesellen blieben ungerührt von dieser reizenden Ueberraschung; aber alle andern Menschenkinder lauschten mit entzückter Andacht der feierlichen Musik in ihren Herzen, dem Widerhall des großen Verjüngungsfestes der Welt. Und nun gar die Verliebten! – Denen spiegelte ihr wunderlicher Aberglaube vor, die ganze Feerei wäre für sie allein ins Werk gesetzt; das schattige Laub wüchse nur zum Versteckenspiel und die Veilchen nur, damit sie von ihnen gepflückt werden könnten. Der Frühling lächelte zu diesem Wahn mit verzeihender Großmut, und auch die Veilchen ließen sich's gerne gefallen.

Ein großer, duftender Strauß davon prangte auch in Hedwigs Zimmer. Sie habe ihn einer armen Frau abgekauft, so erklärte sie ihrer Mutter seine Herkunft, wurde dabei aber rot, weil sie noch nicht gut lügen konnte. Am liebsten hätte sie gleich nach jener glückseligen Stunde der Mutter alles bekannt; denn sie besaß den Mut ihrer Liebe, und die Notwendigkeit, ängstlich geheim zu halten, was sie gerne frei hinausgejubelt hätte, lag als der einzige leise Schatten auf ihrem wolkenlosen Glück. Jedoch es war Erwins ausdrücklicher Wunsch gewesen, das Geheimnis so lange zu bewahren, bis er das Porträt beendet und ausgestellt haben werde. Der Erfolg konnte ja nicht zweifelhaft sein, und unterstützt von seinem jungen Ruhm wollte er Frau Rüdiger um die Hand der Geliebten bitten. Er sah schon im Geiste voraus, wie alle Blätter sein Lob verkündeten, wie selbst die einstigen Spötter sich huldigend zu ihm herandrängten, und wie er dann nicht mehr als unbekannter junger Mensch vor Hedwigs Mutter hintreten würde, sondern als ein Künstler, welcher die Prophezeiung der hoffnungsvollsten Zukunft schwarz auf weiß in der Tasche trug.

Nur Ruhland war von ihm nach einigen Tagen ins Vertrauen gezogen worden, nicht allein, weil sein Gefühl ihn dazu drängte, und die Verschwiegenheit seines alten Lehrers durchaus verläßlich war, sondern hauptsächlich, weil ein vermittelnder Bundesgenosse ihm bald unentbehrlich erscheinen mußte. Um so mehr als die Liebenden sich von jetzt an nur selten und unter großen Schwierigkeiten sehen und sprechen konnten. Ruhland hatte mit seinem gutmütigsten Lächeln angehört, was ihm seit lange bekannt gewesen. Und als Erwin am Schluß seiner etwas stockenden Beichte den Zufall gepriesen, durch den er mit Hedwig allein geblieben sei, hatte ihm der

Alte die Hände auf die Schultern gelegt und fröhlich gesprochen: »Ja, der Zufall, der Zufall! Er war der rechten Liebe immer günstig.« Dann hatte er den Kopf ein wenig zur Seite gewandt, um etwas wie eine Thräne aus dem Auge zu wischen, von der er nicht wußte, ob der Rauch seiner kurzen Pfeife sie verschuldet habe, oder die Erinnerung an einen Gewitterabend der fernen Jugendzeit.

Seitdem ging der alte Maler seinem verantwortungsvollen Amt mit der größten Gewissenhaftigkeit nach und ließ es sich manche gute Stunde kosten, um die Zusammenkünfte der beiden zu erleichtern. Einigemal bot er sich sogar, wie er es scherzend nannte, als »wandernden Briefkasten« an. Zwar hatte er sofort nach Vollendung seines großen Bildes mehrere kleinere Arbeiten teils neu angefangen, teils wieder aufgenommen; aber trotzdem fand er sich jetzt öfter bei seiner Schwägerin ein als je zuvor. Frau Petri war erfreut und erstaunt zugleich. Was denn dabei viel zu verwundern sei? brummte er. Dürfe er sich nicht auch einmal Erholungstunden gönnen wie andre? Die gute Frau stimmte mit diesen Argumenten allzusehr überein, um zu bemerken, wie schlecht sie zu seiner sonstigen Anschauungsweise passen wollten. Daß Erwin häufig mit ihm kam, und daß bei gemeinsam unternommenen Spaziergängen die beiden jungen Leute sich selbst überlassen blieben, da Ruhland den Frauen sehr gewichtige Mitteilungen zu machen hatte, hierbei fand niemand etwas Auffälliges.

Dann und wann meinte Ruhland sich vor sich selbst entschuldigen zu müssen, weil ihm das Glück seines Schülers so nahe ging. Denn er gestand sich, daß seine Empfindung ein Teilchen Eitelkeit enthalte. Seine väterliche Hinneigung zu dem jungen Manne war aufgekeimt in Tagen, wo dessen blinde Ergebenheit ihn aus tiefer Vereinsamung riß und vor wachsender Verbitterung bewahrte. Niemals hatte er sich deshalb verhehlt, daß er an Erwin keinen Zug zum Außerordentlichen entdecken konnte, daß dessen immer gleiches, geregeltes Wesen keinen Aufschwung zu hoher, leidenschaftlicher Kunstübung versprach. Um so tiefer war er von jenem ersten Porträtentwurf ergriffen worden; denn hier schien ein neuer Mensch zu ihm zu sprechen; hier schien in dem fleißigen Schüler das bisher verborgen schlummernde Genie erwacht zu sein. Die natürlichste Erklärung lag dafür bereit: nicht zum erstenmal hatte echte Leidenschaft die edelsten Kräfte einer unentwickelten Natur über Nacht hervorblühen lassen, und er wußte ja aus seiner eigenen Vergangenheit, daß die große, gläubige Liebe Wasser aus dem Felsen schlagen kann. Was er niemals gehofft hatte, traf somit unerwartet ein: die Aussicht, auf den Schüler, welchem er so viel Wohlwollen und Teilnahme gewidmet, einmal stolz sein zu dürfen. Ja, er ertappte sich sogar dabei, wie er auf seinen vorahnenden Blick sich etwas zu gut that. Für ernste Pflicht hielt er es aber nun, diese Liebe zu fördern; denn daß Erwin die Rechte gefunden und sein Herz ein für allemal hingegeben habe, konnte ihm, nachdem er jenen Entwurf gesehen, nicht mehr zweifelhaft sein. »Ich war freilich etwas anders damals,« dachte er; »aber die Menschen sind verschieden. Er liebt deshalb gewiß nicht minder stark, wenn er auch schneller seine Besonnenheit wiedererlangt hat.«

Inzwischen drängte Frau Rüdiger immer entschiedener zur Abreise. Sie sei ihrer liebenswürdigen Wirtin nun schon beinahe zwei Monate zur Last gefallen, versicherte sie, und man dürfe auch die herzlichste Gastfreundschaft nicht mißbrauchen. Anfänglich gelang es ihr zwar nicht, mit solchen Vorstellungen durchzudringen, da sie alle Stimmen, sogar die ihrer eigenen Tochter, gegen sich hatte. Aber ihre Ausdauer brachte es zuletzt wenigstens zu einem Kompromiß: Sobald der Beständigkeit des Wetters zu trauen sei, wolle man den Hedwig versprochenen Ausflug ins Gebirge unternehmen, dort etwa eine Woche verweilen, und dann werde ihrer Heimkehr nichts mehr in den Weg gelegt werden. Dieser von Frau Petri befürwortete Vermittelungsvorschlag wurde zum Beschluß erhoben. Auf weitere Zugeständnisse ließ Frau Rüdiger sich durchaus nicht ein, sondern behauptete, daß auch ihr eigener Haushalt nach so langer Abwesenheit ihre Zurückkunft erheische.

Alle diese Verhandlungen fielen Hedwig schwer aufs Herz. Der Gedanke, daß sie sich von Erwin werde trennen müssen, ehe dieser dem Heimlichthun ein Ende gemacht habe, war ihr unerträglich, und doch mußte die Furcht, sich zu verraten, sie hindern, für die Verlängerung des Aufenthalts allzu offen einzutreten. Die Triftigkeit der Gründe Erwins schien ihr unantastbar, wenn sie dieselben auch nicht recht verstand. Aber sie besaß einen so grenzenlosen Glauben an den Geliebten, daß sie in Fragen, welche seine Kunst berührten, es für einen Frevel gehalten hätte, nicht seiner Meinung zu sein. Trotzdem konnte schließlich ihre wachsende Unruhe Erwin nicht verborgen bleiben, zumal er selbst das Peinliche dieses Zustandes mehr und mehr zu fühlen begann. Er versicherte ihr deshalb auf einem jener gemeinschaftlichen Spaziergänge, daß er alle Kraft daransetzen werde, um das Gemälde in einigen Tagen zu vollenden, ein Versprechen, welches ihm leicht wurde, da nur noch wenig an dem Bilde zu thun war. Spätestens am nächsten Sonntag – der Spaziergang fand an einem Montag statt – werde er dann unter dem frischen Eindruck seines Erfolges vor ihre Mutter hintreten und um ihren Segen flehen. Hedwig erwiderte darauf nur mit einem sanften Händedruck, der in kalte Worte übersetzt etwa heißen mochte: »Ich liebe dich, und deshalb hast du jedenfalls recht.« –

Nunmehr lag vor aller Augen die Zukunft in der schönsten Ordnung. Aber es kam anders.

Gerade hatte Erwin – zwei Tage nach dieser Unterredung – an dem Porträt den letzten Pinselstrich gethan, als der Depeschenbote bei ihm eintrat und ihm ein Telegramm überreichte. Erwin wog dasselbe eine Sekunde lang unschlüssig in der Hand, als könne er so erraten, was es enthielt. Wer mochte ihm telegraphieren? Jetzt riß er den Verschluß beinahe hastig auf. Die Depesche kam aus seiner Heimatstadt und lautete: »Schlußverhandlung Ihres Prozesses übermorgen. Sieg wahrscheinlich; doch Ihr persönliches Erscheinen dringend erwünscht.« Unterzeichnet war der Name eines Rechtsanwalts.

Er mußte sich ein Weilchen besinnen, ehe ihm klar wurde, um was es sich eigentlich handelte. Erst nach und nach fiel es ihm ein, daß ein Teil der Hinterlassenschaft seines Vaters von einigen Verwandten gleich nach dessen Tod in Anspruch genommen worden war. Da er zu jener Zeit noch nicht mündig gewesen, so hatte sein erst vor kurzem verstorbener Vormund die Sache vertreten und, wie sich nun herausstellte, auch nach seiner Großjährigkeit weitergeführt. Er selbst hatte längst nicht mehr an diesen Prozeß gedacht. Nach längerem Suchen fand er in einer als Archiv dienenden Schieblade den schon ganz vergilbten Brief des Vormundes, worin ihm der gewissenhafte Mann unter anderm auch über den Stand des Prozesses Rechenschaft ablegte. Es handelte sich, wie aus diesem Schreiben zu ersehen war, weniger um bares Geld als um einige Grundstücke und ein ganz kleines Landhaus, das Erwins Vater in seinem letzten Lebensjahr gekauft, aber nicht selbst bewohnt hatte. Die Sache scheine aus den und den Gründen ziemlich aussichtslos, so schloß der alte Brief; aber sie sei den besten Händen anvertraut. Erwin hatte seitdem nichts mehr davon gehört, und die ganze Angelegenheit war ihm damals, obschon es sich nicht gerade um eine Bagatelle handelte, völlig gleichgiltig gewesen. Er besaß bei seiner Anspruchslosigkeit reichlich genug zu leben, und für sogenannte praktische Dinge fehlte ihm jeder Sinn.

Heute jedoch ließ die unerwartete Nachricht ihn keineswegs kalt. Das erste, was ihm durch den Kopf schoß, war: »Ein Landhaus! Ich der Besitzer eines Landhauses!« Und er spann sich bereits in den Gedanken hinein, was für ein Relief es ihm bei Frau Rüdiger geben werde, wenn er seiner Werbung sogleich die Einladung auf seine Villeggiatur beifügen könne. »Und Hedwig!« so ergänzte er sich selbst. »Sie ist eine Freundin der freien Natur.« Es schmeichelte ihm nicht wenig, daß er daran gerade in diesem Augenblick dachte. »Ich bin es ihr schuldig!« sagte er laut vor sich hin, indem er dabei entschlossen seinen Rock zuknöpfte. Er rechnete aus, daß er in drei Tagen wieder zurück sein könne. »Und eine kurze Trennung ist der Liebe nur wohlthätig,« fügte er mit philosophischem Scharfblick hinzu.

Darauf setzte er, nachdem er den Fahrplan studiert hatte, die folgende Antwort auf: »Komme morgen Nachmittag.« Die kleine thüringische Stadt lag ziemlich abseits von der großen Linie und war, wenn er den Nachtschnellzug benutzte, nicht früher zu erreichen.

Hedwig noch vor seiner Abreise allein sprechen zu können, diese Hoffnung mußte er nach einigem Ueberlegen aufgeben, und sich vor Zeugen von ihr zu verabschieden schien ihm nicht ratsam. Wie leicht hätte dann ihre Erregung den Verräter spielen können, und er wollte doch erst nach seiner Rückkehr strahlend wie Jupiter aus der Wolke treten.

Ruhland war diesen Vormittag gar nicht ins Atelier gekommen, da er einige geschäftliche Gänge zu erledigen hatte. So bekam ihn Erwin erst nach Tisch zu Gesicht. Schon ganz reisefertig gab er seinem Lehrer getreuen Bericht mit dem Ersuchen, er möge die sofortige Ausstellung des Porträts veranlassen und ihn bei den Damen, besonders aber bei Hedwig entschuldigen.

Der alte Mann stimmte ihm bei, daß er seine Interessen persönlich wahren müsse, und versprach mit gewohnter Gutmütigkeit, alles zu besorgen. »Nur solltest du,« fuhr er etwas nachdenklich fort, »nicht ohne Abschied von Hedwig verreisen.«

Erwin seufzte ein wenig. »Es ist leider keine Zeit mehr, und ich fände sie ja doch nicht allein. Uebrigens – in drei Tagen bin ich wieder da.«

»Dann schreibe ihr wenigstens,« sagte Ruhland.

»Halten Sie das für nötig?«

»Ja!« – Dieses kurze »Ja« hatte einen etwas barschen Klang. –

Einige Stunden später fuhr Erwin zur Bahn, und gleichzeitig klingelte Ruhland vor der Wohnung seiner Schwägerin.

Hedwig öffnete und that, als sie in das treue Gesicht sah, einen kleinen Freudensprung wie ein Kind, dem man Süßigkeiten mitbringt. Auf die Frage, warum sie selbst an die Thür gekommen, erwiderte sie, die Magd sei in der Küche beschäftigt und ihre Mutter mit Frau Petri gleich nach dem Mittagessen fortgegangen. Sie sei zu Hause geblieben, um eine Handarbeit fertig zu machen.

Ruhland lächelte. »Nur wegen dieser Handarbeit?«

Sie sah mit einem dankbaren Blick zu ihm hinauf und faßte ihn bei der Hand wie einen Kameraden, um ihn nach der Stube zu führen. Dabei kamen ihm Erwins Worte ins Gedächtnis: »Ich fände sie ja doch nicht allein.«

Er überlegte, wie er es ihr am besten beibringen könne. »Denn es wird sie schmerzen,« dachte er; »sie hat ihn heute sicher erwartet und ist nur deshalb nicht ausgegangen.«

»Darf ich Ihnen eine Tasse Kaffee bringen lassen?« fragte Hedwig.

Er dankte. Darauf erzählte er ihr, daß Erwin eine sehr freudige Nachricht bekommen habe, die ihm unverhoffterweise ein kleines Gut in Aussicht stelle. Die Freude, welche bei diesen Worten in ihrem Antlitz aufleuchtete, ließ ihn wieder stocken.

»Ja, es ist ein rechtes Glück,« fuhr er endlich fort und sah dabei ganz gegen seine Gewohnheit auf seine Fußspitzen. »Und nun hat er sofort verreisen müssen – nur für drei Tage natürlich. Es war ihm zu seinem großen Leidwesen versagt, Sie vorher noch einmal zu sehen; aber er denkt ja doch nur an Sie, während er fern ist. Hier ist sein Brief. Lesen Sie ihn nur gleich. Mit mir altem Kerl brauchen Sie keine Umstände zu machen.«

Hedwig war ein wenig bleich geworden, und ihre Hände zitterten, während sie den Brief las. Er bestand nur aus wenigen Zeilen, die im herzlichsten Ton gehalten waren und zum Schluß hervorhoben, daß allein um ihretwillen der Besitz des Landhauses wertvoll erscheine ihrem sie anbetenden Erwin.

Ihre Augen füllten sich mit Thränen. Sie blickte auf und sah, daß Ruhland sie mit stiller Zärtlichkeit betrachtete.

»Sie werden mich auslachen,« sagte sie, ihre Augen trocknend, »daß ich so kindisch bin.«

»Nein, liebes Kind, das werde ich nicht. Ich weiß, wie es einem dabei zu Mute ist.«

Mit einem Male kniete sie vor ihm nieder und küßte seine Hände. Tief ergriffen legte er sie ihr wie segnend auf die weichen Locken.

»Du wirst ihn sehr glücklich machen,« sagte er leise und feierlich, »und er wird alles Beste dir zu danken haben. Aber auch du bist des höchsten Glückes wert; denn wie du liebst, so lieben nur die, welche unser Herrgott im Paradies aufs Herz geküßt hat. Und nun sei fröhlich, mein Töchterchen; denn wenn ich dein Vater wäre, ich könnte nicht eifersüchtiger dein Glück bewachen.«

* * *

Die drei Tage vergingen, ohne daß Erwin an die Rückreise denken konnte, denn er hatte sehr bald eingesehen, daß er seinen Aufenthalt in der Heimat, wenn derselbe überhaupt einen Zweck haben sollte, noch zu verlängern genötigt sei. Der Prozeß war gewonnen, und sein Anwalt versicherte ihm wiederholt, daß sein taktvolles Auftreten in der Schlußverhandlung die Richter wesentlich zu seinen Gunsten gestimmt habe. Er hörte das gern, wie jeder, den man in einer Eigenschaft lobt, welche er sich bisher selbst nicht zugetraut hat. Nun aber begannen erst die Schwierigkeiten. Er sollte für die

Verwaltung eines Teiles der zugesprochenen Grundstücke, für den Verkauf von andern Sorge tragen, Familienpapiere durchsehen, Pachtverträge revidieren, und was dergleichen Geschäfte mehr waren. Am liebsten hätte er dies alles dem Rechtsanwalt überlassen; aber der hochbetagte Herr wollte nicht die ganze Verantwortung auf sich nehmen und riet ihm, seine Angelegenheiten selbst zu ordnen; in wenigen Tagen könnten dieselben, zumal er ihm nach Kräften beistehen werde, ein für allemal ins rechte Geleise gebracht sein.

Gleich nach dieser Unterredung begab sich Erwin ins Hotel, um zwei Briefe zu schreiben, den einen an Ruhland, dem er nur kurz die Verzögerung seiner Rückkehr mitteilte und das inliegende Schreiben an Hedwig zur Besorgung anvertraute. Dieses letztere hatte den folgenden Wortlaut:

»Meine geliebte Hedwig!

»Wie sehr muß ich es beklagen, daß sich unser Wiedersehen noch um mehrere Tage verzögern wird! Hätte ich ahnen können, daß die leidigen Geschäfte mich so lange zurückhalten würden, keine Minute hätte ich dann gezögert, unser förmliches Verlöbnis noch vor unsrer Abreise zu schließen. Nun müssen wir uns gedulden, mein Liebchen. Solltest Du unterdessen mit Deiner Mutter ins Gebirge wandern, so komme ich auf Flügeln der Liebe Dir nach, und wir feiern das schönste Fest unsres Lebens im Angesicht der ewigen Berge. Das Häuschen, welches mir zugefallen ist, liegt sehr schön, mit der Aussicht auf waldige Hügel. Ich habe schon angefangen, es zu skizzieren, und werde Dir das Bildchen, das wohl gar nicht übel wird, mitbringen, damit Du siehst, wo wir künftig einmal unsre Sommerfrische genießen können. Und noch eins: Hast Du vielleicht gehört, wie man das Porträt beurteilt? Es ist ja doch jedenfalls schon ausgestellt? Wenn etwas darüber in der Zeitung steht, so schicke mir, bitte, den Ausschnitt. Meine Landsleute, die überhaupt eine allzu hohe Meinung von mir haben, interessieren sich sehr dafür. Ich bin ewig der Deinige, wenn auch Länder und Meere uns trennen sollten. Mit vielen Grüßen und Küssen

Dein getreuer

Erwin.«

Diesen Brief las er noch mehrmals durch und fand ihn durchaus stimmungsvoll. Dann machte er Toilette, um einer Einladung zum Mittagessen zu folgen, mit welcher ihn der Herr Bürgermeister beehrt hatte.

Was er Hedwig über die Aufnahme in seinem Heimatstädtchen berichtet, war keineswegs übertrieben. Seit dem Tode seines Vaters hatte er sich hier nicht mehr sehen lassen, und seine Ankunft in dem kleinen, weltabgeschiedenen Ort, der außer Touristen und Geschäftsreisenden selten einen Fremden beherbergte, brachte die guten Leute einigermaßen in Aufregung. Daß der Sohn des reichen Weißbindermeisters ein großer Künstler geworden, diese Legende wurzelte fest in den kleinstädtischen Gemütern, und je mehr die Entfernung die Dinge vergrößert, um so williger hatte man sich eingebildet, stolz auf ihn sein zu müssen. Da dem Städtchen eine Berühmtheit bisher völlig gemangelt hatte, so wurde diese Lücke nach stillschweigender Uebereinkunft durch Erwin Dürer ausgefüllt. Selbst die Zweifler, welche vorher Beweise forderten, mußten verstummen, als Erwins Name in einem großen illustrierten Blatt bei Beschreibung eines Künstlerfestes, an dessen Arrangement er sich beteiligt, lobend erwähnt worden war.

Und nun erschien er in eigener Person auf dem Schauplatz seines Ruhmes. Gleich anfangs erwarb er sich zu seinen andern bedeutenden Eigenschaften noch ein Landhaus, und wie viel er dabei seinem trefflichen Benehmen vor Gericht verdankte, das hatte der alte Anwalt, der zwar innerlich ebensowenig von Erwins Künstlergröße wie von der Uneigennützigkeit seiner Bewunderer überzeugt war, schnell zu verbreiten gewußt. Von allen Seiten flogen dem Gefeierten die Einladungen zu; er traf eine verständige Auswahl und hatte trotzdem gleich am zweiten Tage für eine ganze Woche alle Mittage und Abende besetzt. Die Damen fanden ihn reizend; er habe so etwas echt Künstlerisches in seinen Manieren; auch sei er wirklich hübsch, besonders wenn er einen so kindlich ansehe. Die Väter fragten ihn, ob er denn nicht vorhabe, in Zukunft wenigstens einen Teil des Jahres in seiner Vaterstadt zu verbringen, und die Mütter behaupteten lächelnd, es sei hohe Zeit, daß er sich für eine häuslich gesinnte Lebensgefährtin sorge; denn man wisse, wie unpraktisch so ein Künstler sei.

Anfänglich war Erwin nicht wenig überrascht von diesen Huldigungen, die ihn mit einem Schlag zum Mittelpunkt des ganzen Städtchens machten. Aber da er sich keineswegs dagegen sträubte, so erschienen sie ihm bald als etwas Selbstverständliches. Er schrieb sich große gesellschaftliche Talente zu, die er bis jetzt bei seinem zurückgezogenen Leben nicht habe entdecken können; ja, er begann sogar an seine Berühmtheit zu glauben, da niemand in seiner Umgebung daran zweifelte. »Ich bin mir bisher in der That meines Könnens nicht bewußt geworden,« dachte er; »ich war eben einer unter vielen. Es ist gut, daß ich einmal in die Welt hinausgeblickt habe; denn der echte Künstler bedarf der allgemeinen Anerkennung wie eine Blume des Sonnenscheins.«

Wenn man ihm vom Heiraten sprach, so wich er mit irgend einem Scherzwort aus; niemals aber suchte er auch nur anzudeuten, daß er schon gebunden sei. Von so vielen Damen, alten und jungen, gleichzeitig verwöhnt und bevorzugt zu werden, bereitete ihm keine geringe Genugthuung. »Hedwig ahnt gar nicht, wie man sie einmal um mich beneiden wird,« sagte er sich und glaubte dabei, ihr einen schweren, aber gerechten Vorwurf gemacht zu haben.

So vergingen für ihn einige Tage in der angenehmsten Weise. Er war lange nicht so heiter und mit sich selbst einverstanden gewesen wie jetzt. Er glaubte, die dornenvolle Zeit seines Lebens sei durch seine eigene Kraft überwunden; nun komme er berechtigtermaßen dazu, die Früchte aller Sorge und Arbeit zu genießen. Wenn seine Tischnachbarinnen ihm über seine lustige Laune Komplimente machten, so erwiderte er, man dürfe sich nicht wundern, wenn auch der ernste Wanderer frohe Rast halte, nachdem er endlich einen Gipfel erstiegen. Schon hatte er den größten Teil seiner Angelegenheiten geordnet und wagte sich selbst nicht einzugestehen, daß er mit einigem Bedauern an die Abreise dachte. Da wurde ihm von seinen eifrigsten Verehrern, dem Bürgermeister und dessen Gattin, welche drei erwachsene Töchter, lauter Kunstliebhaberinnen, zu Hause hatten, der verlockende Vorschlag gemacht, einem Waldfest beizuwohnen, das sie Anfang der nächsten Woche ihm zu Ehren veranstalten wollten. Er lehnte ab, da er unmöglich so lange bleiben könne; unausweichliche Pflichten zwängen ihn zur Rückkehr. Die Frau Bürgermeisterin aber wandte ein, er sei doch gewiß so frei und unabhängig, daß es ihm auf die paar Tage nicht ankomme. Darauf wurde er ein wenig rot und stotterte etwas von begonnenen Arbeiten. Während er jedoch nach seinem Hotel ging, fühlte er sich sehr mißmutig. Er sollte frei und unabhängig sein! Und er war doch so gebunden, daß er den wackeren Leuten das Vergnügen versagen mußte, sich bei einer größeren festlichen Veranstaltung seiner Anwesenheit zu erfreuen.

Ein Brief von Hedwig lag auf seinem Tisch. Mit einem leichten Seufzer öffnete er das zierliche Couvert, dessen Rückseite mit drei fliegenden Schwälbchen verziert war. Oben am Briefbogen steckten einige Veilchen, die noch stark dufteten. Es war ein sehr kunstloses Schreiben; aber zwischen den Zeilen pochte und atmete die Sehnsucht. Er solle nur ja in aller Ruhe seine Sachen erledigen. Jeder Tag freilich, an dem er früher komme, werde ihr wie ein Geschenk des Himmels erscheinen. Aber das brauche sie wohl gar nicht zu sagen; denn ihm sei gewiß ebenso zu Mute. Für ihr Leben gern möchte sie sich vorstellen können, wie die Stadt aussehe, in der er jetzt herumwandere. So oft es möglich sei, besuche sie Ruhland, um mit ihm über den fernen jungen Mann zu sprechen, den sie beide lieb hätten, und dann werfe sie auch immer einen Blick in sein einsames Atelier. Die Schwalbe vor seinem Fenster habe Junge; man sehe ganz deutlich ihre kahlen Köpfchen, und was dergleichen Geplauders mehr war. Noch drei Postskripte folgten ihrer Unterschrift, in denen sie eigentlich gar nichts Neues sagte. Ein Zeitungsausschnitt lag bei, die Besprechung des Porträts enthaltend; im Briefe selbst stand davon kein Wort.

Diesen Ausschnitt las Erwin zuerst und nickte dazu fortwährend, als wolle er dem Verfasser sein volles Einverständnis kundthun. Das Porträt, hieß es da, sei das bedeutendste und interessanteste, welches man seit langem gesehen habe; deshalb müsse die Kritik sich eingehend damit befassen. Nun folgte eine genaue Beschreibung der eigenartigen Schönheit dieser »träumerischen, halb aufgeblühten Knospe« und der ebenso eigenartigen Auffassung, und am Schluß fehlte auch die Prophezeiung der großen Zukunft nicht.

Erwin sprang auf und ging mit langen Schritten im Zimmer hin und her; dann setzte er sich wieder, um den Ausschnitt noch einmal zu lesen. Das reichliche Lob erstaunte ihn nicht; er hatte es ja mit der Sicherheit eines Astronomen vorausberechnet. Nachdem er die gedruckten Worte beinahe auswendig wußte, las er auch Hedwigs Brief. Er fand denselben etwas kindlich, und es verdroß ihn, daß sie lauter Nebensachen erwähnte, während sie über die große Wendung in seinem Leben keine Silbe schrieb. »Sie besitzt für meinen künstlerischen Beruf noch nicht das rechte Verständnis,« murmelte er. »Es wird schwer halten, sie darüber aufzuklären.«

Noch an demselben Nachmittag fiel ihm bei der Durchsicht alter Familienpapiere ein halb vermodertes Blatt in die Hände, das den Stammbaum seines Geschlechtes enthielt. Bis zum Anfang des siebzehnten Jahrhunderts konnte er seine Vorfahren zurückverfolgen; es waren meist ehrsame Handwerker, und einer unter ihnen, ausnahmsweise ein Schulmeister, hatte vor nun auch beinahe hundert Jahren mit kleinlichem Fleiß diese Stammtafel entworfen. Erwin wollte sie schon, nachdem er sie überflogen, beiseite legen, als sein Blick an den Personalien seines ältesten hier verzeichneten Ahnen haften blieb: Johann Christian Dürer, Bäckermeister, geboren 1612 zu . . . Der Name der Stadt war undeutlich geschrieben und etwas verwischt; aber nachdem Erwin genauer hingesehen, konnte er ihn nicht mehr anders lesen als: Nürnberg. Ja, so hieß es. Je länger er die Buchstaben prüfte, desto weniger zweifelte er daran.

Nürnberg! Seine Familie stammte aus Nürnberg! Diese Entdeckung traf ihn wie ein elektrischer Schlag. Damit war es ja so gut wie erwiesen, daß er sich als direkten Nachkommen des großen deutschen Meisters betrachten durfte. Zwar hatte in letzter Zeit die Zunahme seines Selbstbewußtseins ihm den Aerger aus dem Gedächtnis schwinden lassen, den ihm noch kürzlich sein Name bereitet. Nun aber erinnerte er sich jener bitteren Empfindung und warf wie triumphierend den Kopf in den Nacken. »Ihr habt mich verhöhnt,« rief er trotzig, als ob alle seine Gegner um ihn versammelt wären; »ihr habt mich verlacht, weil ich Dürer heiße. Was aber werdet ihr sagen, wenn ihr erfahrt, daß dieser Name kein plumper Zufall ist, daß ich der Enkel jenes Genius bin, den ihr vergöttert?« Hoch aufgerichtet und kerzengerade stand er in dem engen Hotelzimmer, als habe er die Nachricht von seiner Erhebung in den erblichen Adel erhalten. Denn dieses Aktenstück war der Schlußstein des stolzen Postamentes, das er sich langsam und stetig in den letzten Wochen aufgebaut hatte.

In einer halb feierlichen, halb übermütigen Stimmung begab er sich am Abend in die Gesellschaft seiner Landsleute. Er hatte nicht vergessen, den Zeitungsausschnitt vorher in die Tasche zu stecken. »Ich bin ihrer Teilnahme dieses Vertrauen schuldig,« dies war die Begründung gewesen, die er sich über jene Vorsorglichkeit abgegeben.

Die Besprechung von Erwin Dürers neuem Werk wanderte an der Tafelrunde von Hand zu Hand. Man beglückwünschte den Künstler zu seinem großen Sieg, und ein wohlbeleibter Stadtrat erhob sich, um auf die Zukunft des hoffnungsvollen jungen Mitbürgers zu trinken. Erwin dankte mit humoristischen Worten und versicherte, er werde seiner Fahne treu bleiben. Sein Trinkspruch gelte den Gönnerinnen der Kunst, den Damen. Unter allgemeinem Applaus stieß er mit seiner Nachbarin, der ältesten Bürgermeisterstochter an; aber das Glas zerbrach, und klirrend fielen die Scherben zu Boden.

* * *

Es fehlte nicht viel, so hätte Erwin sich doch noch überreden lassen, bis zu dem Waldfeste zu bleiben. Aber nachdem jetzt alles so gut, wie er nur wünschen konnte, geordnet, die Grundstücke neu verpachtet, das Häuschen vorteilhaft vermietet war, drängte es ihn zur Abreise. Besonders verlangte ihn, sich persönlich von dem Eindruck zu überzeugen, den der außerordentliche Erfolg seines Werkes auf die Kollegen und die weitesten Kreise der Bevölkerung gemacht haben mußte. Auch war er der Meinung, um Hedwigs willen Gewissensbisse zu empfinden. Aber er besänftigte dieselben, indem er dachte: Pflichten sind eben Pflichten.

Ein zweiter Brief Hedwigs hatte ihm gemeldet, daß sie im Begriffe stehe, mit ihrer Mutter und Frau Petri sich nach Urfeld am Walchensee zu begeben. Nun werde er ja gewiß bald dorthin nachkommen können. Und wie alles Schlimme auch seine guten Seiten habe, so freue sie sich ganz unvernünftig, daß ihre Verlobung jetzt auf einem so prächtigen Fleckchen Erde stattfinden solle. Ueber die Wirkung des Bildes schrieb sie wieder gar nichts; aber tausend Grüße sandte sie ihm von sich selbst, von Ruhland und von der ganzen Schwalbenfamilie.

Daß er sie nun wahrscheinlich nicht mehr in der Stadt antreffen würde, war ihm nicht unlieb. Denn so gewann er dort einige Tage völliger Freiheit und konnte sich recht eingehend über die Tragweite seines künstlerischen Triumphes unterrichten. Er war stolz auf diesen Plan: Immer zuerst die Pflicht, und dann die Liebe.

Sein Abschied verlief glänzend. Einen ganzen Vormittag mußte er damit zubringen, die Albums zahlreicher Damen mit Skizzen oder wenigstens mit Autogrammen zu versehen. Der Bürgermeister und der Rechtsanwalt geleiteten ihn zum Bahnhof, und der erstere nahm ihm das Versprechen ab, daß er seine Vaterstadt bald mit einem längeren Besuch beehren werde.

Fast zwei Wochen waren seit seiner plötzlichen Reise in die Heimat vergangen, als er morgens an dem Atelier vorfuhr. Er hatte sich gar nicht die Zeit genommen, zuerst in seiner Wohnung abzusteigen, sondern kam direkt vom Bahnhof dorthin, weil er brannte vor Ungeduld, von seinem Lehrer die ihn betreffenden Neuigkeiten zu hören. Ruhland, der von sich zu sagen pflegte, er wolle lieber die ganze Kulturgeschichte malen, als einen Brief abfassen, hatte ihm natürlich nicht geschrieben. Um so verdrießlicher war es ihm, als der Hausmeister ihn bedeutete, der Herr Professor - so nannte er jeden Maler über vierzig Jahre - sei schon gestern in aller Frühe für einige Tage zum Besuche seiner Schwägerin an den Walchensee gefahren. »So, so!« erwiderte Erwin, warf nur einen flüchtigen Blick in das Atelier, in welchem ein großer, prachtvoller Strauß von Feldblumen prangte, und setzte sich dann wieder in die Droschke.

Als er zum Mittagessen in die »Lilie« kam - denn so lange hatte seine Neugier sich gedulden müssen - wurden seine hochgespannten Erwartungen durch den Empfang, den die Freunde ihm bereiteten, noch übertroffen. »Da kommt ja der neue Lenbach!« rief Ballerstedt, und alle sprangen auf, um ihn willkommen zu heißen und zu beglückwünschen. »Du, das hätte ich dir weiß Gott nicht zugetraut,« ergriff Ballerstedt wieder das Wort, indem er ihn unterm Arm nahm und zu seinem Platze führte; »da hast du einen Hauptcoup gemacht!« Und ein junger Tiermaler, der nur ganz ausnahmsweise sprach, teilte ihm mit, er werde dieser Tage eine Bestellung für ein neues Porträt erhalten von dem Major so und so; wenigstens habe sich derselbe angelegentlich nach seiner Adresse erkundigt. Erwin war über alle Maßen glücklich. »Sogar den Neid habe ich besiegt,« meinte er im stillen; dann bestellte er Champagner, redete sehr viel und lachte angelegentlich mit, auch über die zweideutigen Witze Ballerstedts, die ihn sonst immer entrüstet hatten.

Nach Tische sprach er die Absicht aus, in den Kunstverein zu gehen; denn er wolle doch wissen, wie sein Bild sich dort ausnehme. Der Schlachtenmaler hing sich an seinen Arm, was er sonst nie gethan hatte, und wurde nicht müde, ihm schmeichelhafte Dinge zu sagen. Mitten auf der Straße blieb Ballerstedt plötzlich stehen, blies den Rauch seiner Cigarette gerade in die Höhe und zwinkerte mit den Augen.

»Es ist eine weitläufige Verwandte vom alten Ruhland, nicht wahr?«

»Wer?« fragte Erwin ganz ahnungslos.

»Nun, dein Modell. Muß ein ganz famoses Frauenzimmer sein!« Dabei hüllte er sich wieder in eine Rauchwolke.

Erwin überlegte, ob er sich nicht verbitten solle, daß in diesem Ton von Hedwig geredet werde. Doch das könnte sie nur kompromittieren, dachte er. Deshalb erwiderte er gelassen:

»Es ist eine achtbare Dame aus sehr guter Familie.«

»Freilich; das weiß ich ja. Aber verdammt hübsch. Bleibt sie noch lange hier?«

»Sie ist schon abgereist.«

»Schade, sehr schade. Na, um so besser für dich. Man kann nicht vorsichtig genug sein. Die hätte dich wahrscheinlich beim Wort genommen.«

»Was willst du damit sagen?« fragte Erwin mit aufsteigendem Aerger.

»Nichts, als daß du dich nicht fangen lassen sollst. Ein Künstler, der eine solche Zukunft vor sich hat wie du, muß frei und unabhängig sein; sonst bringt er's zu nichts. Hast du vielleicht gehört, daß Rafael ein Familienvater war? Erst jetzt hat wieder einer dran glauben müssen.«

Erwin ärgerte sich noch immer; aber er begann nachdenklich zu werden und schwieg. Ballerstedt ließ sich dadurch nicht irre machen; er schlug mit der flachen Hand an seine Stirn, als ob er etwas unmöglich begreifen könne, und fragte: »Hast du nicht auch den dicken Lebert gekannt, den Bildhauer? Nun natürlich hast du ihn gekannt; er kam ja auch öfters in die ›Lilie‹. Ein prächtiger Bursch, und er hätte es gewiß zu was Rechtem gebracht. Da läuft ihm eine nach mit einem hübschen Gesicht und keinem Groschen Geld. Die wäre ihm so wie so sicher gewesen. Aber ein Pastorsohn, wie er ist, und mit seinen antediluvianischen Ansichten redet er sich ein, daß er sie heiraten muß. Nun sitzt er mit ihr da, hat den Kopf voll Sorgen und kann sich nicht einmal satt essen. Und seine Frau versteht so viel von der Bildhauerei wie ich vom Ballettanzen. Dabei hat er sich auch schon mit ihr gezankt. Das weiß ich von dem Zahnarzt, der unter ihm wohnt und den Skandal durch die Decke durch gehört hat.«

»Ja, aber . . .« Erwin wollte etwas gegen diese Schilderung einwenden; doch es fiel ihm nichts Passendes ein.

»Daß du auf so was nicht anbeißest,« fuhr der Schlachtenmaler fort, »darüber kann ich wohl ruhig sein. Ich glaube, jetzt kommst du gerade auf den richtigen Weg. Leute wie wir haben vor allem Pflichten gegen sich selbst, und der echte Künstler muß das Leben kennen lernen. Uebrigens . . . Donnerwetter!«

Er hatte sich plötzlich unterbrochen und schaute, seinen Schnurrbart drehend, angelegentlich in den eben vorüberfahrenden, offenen Trambahnwagen, auf dessen vorderster Reihe eine üppige, stark gepuderte Dame saß. Mit einem: »Wir sehen uns noch!« drückte er Erwin rasch die Hand und hatte mit ein paar großen Sätzen den Wagen erreicht, auf den er sich gewandt hinaufschwang, um dicht neben jener Dame Platz zu nehmen.

Der Zurückbleibende sah dem Wagen nach, bis er seinen Blicken entschwunden war, und seufzte dann tief: »Der Glückliche! Er hat leicht reden.« –

Wenige Minuten später befand er sich im Kunstverein seinem eigenen Werke gegenüber, das sehr günstig aufgehängt war und auch jetzt zu seiner großen Genugthuung die Betrachter am meisten fesselte. »Mich wird niemand kennen,« dachte er. Dennoch wünschte er heimlich, daß man auf ihn als den Schöpfer hindeute. Mit möglichst gleichgiltiger Miene näherte er sich der Gruppe, die vor dem Porträt versammelt war.

»Wie heißt doch der Künstler?« fragte eine alte hagere Dame ihren Begleiter, indem sie das Bild fortwährend durch den Operngucker betrachtete.

Der Angeredete klemmte sich ein Monocle ins Auge, trat auf das Bild zu und las den Zettel neben dem Rahmen. »Dürer!« gab er zur Antwort. »Vielleicht ein Neveu des alten Dürer.«

»Wo denken Sie hin, Baron? Der lebte ja schon im achtzehnten Jahrhundert. Und doch, es ist eine gewisse Uebereinstimmung des Charakters. Magnifique, mon cher! Nein, wie ich diese echt deutsche Künstlerfamilie liebe!«

Darauf gingen sie weiter. Erwin fühlte die Versuchung, sich diesen Kunstkennern vorzustellen; doch er hielt sich zurück. Dann betrachtete er sein Werk selbst noch einmal, als ob er es zum erstenmal vor Augen bekäme, und er fand wirklich einige Aehnlichkeit mit der Manier seines vermeintlichen Vorfahren. Besonders im Pinselstrich! dachte er. Er that einen tiefen Atemzug und hob die Schultern hoch wie jemand, der eben photographiert werden soll.

Als er am späten Nachmittag wieder in das Atelier kam, übergab ihm der Hausmeister die Visitenkarte eines »Herrn Militär«, der sich in der Mittagstunde nach ihm erkundigt habe. Auf der Karte stand Name und Wohnung des Majors, von dem der Tiermaler gesprochen hatte, und die folgenden, mit Bleistift geschriebenen Worte: »Habe von Ihrer Rückkehr gehört, möchte gern mein Porträt von Ihnen malen lassen. Wann kann ich Sie sprechen?«

Erwin setzte sich an seinen Tisch und antwortete darauf, er habe noch eine kleine Reise vor, werde aber schon in einigen Tagen wieder zu Hause sein und sich dann erlauben, den Herrn Major persönlich aufzusuchen.

Während er diese Zeilen schrieb, hielt er mehrmals ärgerlich inne. Wenn nun dem Manne, der schon so lange gewartet, inzwischen die Geduld ausgehen und er sich kurzweg an einen andern wenden würde! Wegen seiner Verlobung konnte ihm dann ein höchst lohnender Auftrag entschlüpfen, konnte seine glänzend begonnene Laufbahn wieder in Frage gestellt werden. Wegen seiner Verlobung! Mit unwilligem Faustschlag preßte er die Briefmarke auf das Couvert. Dann ging er mit großen Schritten auf und ab. Ja, er wollte sich verloben! Warum fiel ihm dieses Wort so zentnerschwer aufs Herz? Liebte er Hedwig nicht? Gewiß, er liebte sie. Aber sollte er denn dieser Liebe alles zum Opfer bringen? Alles, seine Freiheit, seine Zukunft, seine Kunst! Das wäre ja eine Gewissenlosigkeit, ein unverzeihlicher Frevel, den niemand von ihm verlangen konnte, niemand, auch Hedwig nicht, wenn sie ihn wirklich liebte. Allerdings, er hatte sich gebunden. Aber konnte man das wirklich gebunden nennen? In völliger Selbstvergessenheit, im Rausche gleichsam war er in jenem Augenblick gewesen, und für einen Augenblick der Ekstase sollte er sein ganzes Leben lang büßen! Das konnte kein Richter und kein Gesetz von ihm fordern. Wäre er überhaupt ein Künstler, wenn er sich nicht in sein künstlerisches Ideal verliebt hätte, und sollte dieses erste Ideal das einzige bleiben? Schon sah er Ballerstedts und seiner Freunde mitleidige Gesichter, wenn er als Bräutigam in die »Lilie« treten würde, hörte die spöttischen Bemerkungen, welche sie hinter seinem Rücken machten. Und was war der Ersatz für all diese unerschwinglichen Opfer? Eine Frau, die wohl niemals fähig sein würde, seine ganze Bedeutung und die Größe seiner Aufgabe zu begreifen, die mit spießbürgerlicher Treue an ihm hing und gerade dadurch seine Flugkraft lähmte. Rafael ein Familienvater! so hatte der Schlachtenmaler gesagt, und es lag ja eine sonnenklare Wahrheit in diesen Worten. »Ich will kein Philister sein!« rief er laut und stampfte dabei so heftig auf, daß eine leichte Staubwolke vom Boden emporstieg.

In der Nacht wälzte er sich schlaflos in seinem Bett herum. Tausend verlockende Bilder des Ruhmes umgaukelten ihn und verdunkelten sich wieder, sobald das Gespenst der Verlobung dazwischentrat. Fortwährend hatte er die Empfindung, als ob er federleicht in die Lüfte schweben wolle und von zwei klammernden Armen festgehalten werde. Es dämmerte noch, als er entschlossen aus dem Bette sprang: »Ich muß ein Ende machen, so oder so!«

Er sah auf die Uhr. Wenn er den ersten Zug erreichte, konnte er mittags am Walchensee sein. Hastig kleidete er sich an und packte seine Reisetasche. Mit Hedwig förmlich zu brechen, hätte er niemals den Mut gefunden; jedenfalls mußte er sie persönlich aufsuchen, schon Ruhlands wegen, der in all diesen Dingen so seltsame Anschauungen hatte. In einem Brief wäre die ganze peinliche Angelegenheit am besten zu erledigen gewesen; aber niemand sollte an der Ritterlichkeit seiner Gesinnungen zweifeln. Auf dem Weg zum Bahnhof überlegte er noch einmal, wie er vorzugehen habe. Er wollte das Verlöbnis keineswegs abbrechen, sondern es nur für unbestimmte Zeit verschieben. Wie leicht mußte es ihm fallen, Hedwig davon zu überzeugen, daß er dies nur in ihrem Interesse thue, daß er ihr Leben nicht fest an das seine knüpfen könne, ehe er eine sichere künstlerische Position erworben habe. Dieser Beweisgrund erschien ihm so einleuchtend, daß er sich zuletzt sagte: Es ist meine Pflicht, in dieser Weise zu handeln. Dabei bewunderte er seine Uneigennützigkeit. Nur erst so weit! dachte er. Die Trennung wird schon das ihrige thun. Unsre Briefe werden kürzer und seltener werden, endlich ganz aufhören, und wir können trotzdem gute Freunde bleiben.

Durch dieses Selbstgespräch fühlte er sich vollständig beruhigt. Er war in der angenehmen Stimmung eines Rechners, der nach langem vergeblichen Suchen den Fehler in seiner großen Addition herausgefunden und verbessert hat. Im Eisenbahncoupé holte er sogar einen Teil des Schlummers nach, den er in der Nacht entbehrt hatte, und mußte vom Schaffner geweckt werden.

Zu Penzberg mietete er einen Einspänner und fuhr dem Gebirge entgegen, das wie eine ungeheure blaugrüne Wand mit vereinzelten weißen Flecken den südlichen Hintergrund abschloß. Bald blinkte der Spiegel des Kochelsees zwischen Bäumen und Büschen hervor. In Kochel nahm Erwin ein reichliches Frühstück ein, ließ sich über den See rudern und trat den Weg nach dem Walchensee zu Fuß an, von einem Fischerjungen begleitet, der ihm die Tasche trug.

* * *

Für Hedwig waren die ersten Eindrücke des Gebirges von überwältigender Wirkung gewesen. Still und in sich gekehrt hatte sie seit Erwins Abreise die Zeit verbracht und, wenn man eine Frage an sie gerichtet, träumerisch die Augen aufgeschlagen und sich lange besonnen, als habe man in einer fremden Sprache zu ihr geredet. Auch beim Aufbruch aus der Stadt hatte sie Frau Petris wortreiche Schilderung der Herrlichkeiten, denen sie entgegeneilten, nur mit einem verlorenen Lächeln beantwortet. Aber unterwegs war es mit einem Male über sie gekommen wie ein toller Jubel, und als der Wagen mühsam den Kesselberg hinaufgefahren, welcher Kochelsee und Walchensee voneinander trennt, da war sie aus dem knarrenden Gefährt herausgesprungen und bergan gestürmt mit hocherhobenen Armen, ohne umzuschauen, ohne die Rufe der besorgten Damen zu hören.

Im Gasthof von Urfeld, das heißt in dem größten der drei primitiven Häuser, aus denen das Oertchen besteht, hatte man sich einquartiert, und schon nach wenigen Tagen war Hedwig gut Freund mit sämtlichen Eingeborenen. Der Fischertoni lehrte sie rudern, und seine Tochter, die Fefi, mußte ihr die Stellen im Walde zeigen, wo die schönsten Blumen wuchsen und die ersten Erdbeeren reiften. Auch mit dem Hirtenbuben schloß sie Freundschaft und kannte bald die sämtlichen Kühe, welche seiner Obhut anvertraut waren, beim Namen. Am liebsten aber war sie ganz allein. Wenn die Sonne noch tief hinter den Bergen stand und nur die höchsten Spitzen mit ihrem Frühgruß rötete, kletterte sie bereits wie ein wilder Junge im Wald herum oder ruderte in den See hinaus. Mitten auf dem weiten dunklen Wasserspiegel hatte sie ein prächtiges Echo entdeckt. Dorthin lenkte sie mit Vorliebe den Kahn und wurde nicht müde, den dreifachen Wiederhall zu wecken. Oft rief sie Erwins Namen und war stolz darauf, daß er von allen Bergen feierlich zurückklang.

Ihre Mutter und Frau Petri kamen aus der Angst um sie gar nicht heraus; aber alle Vermahnungen blieben fruchtlos. Eine unbändige Lebenslust war in ihr erwacht. Wenn das Glöcklein der Walchenseer Kirche übers Wasser herüberschallte, meinte sie in die Kniee sinken zu müssen vor schauernder Andacht, und dann stürmte sie fort, wie um dem Ueberschwang ihrer eigenen Empfindung zu entfliehen. Aber es kamen auch Stunden, in denen sie, von jäher Angst erfaßt, unbeweglich in den See hineinstarrte, als drohe er all ihr Glück zu verschlingen.

Jeden Morgen hoffte sie von neuem, daß Erwin sie heute überraschen werde, und legte abergläubisch auf allerlei Anzeichen Gewicht, welche sein Nahen verkünden sollten. Endlich kam statt seiner Ruhland, und zwar völlig unerwarteter Weise; denn er hatte beim Abschied trotz aller Bitten aufs bestimmteste erklärt, er werde sich hüten, seine Arbeit im Stich zu lassen und wie ein reicher Engländer in der Welt herumzuvagabundieren. Aber an einem regnerischen Nachmittag, welcher die Damen zu Hedwigs nicht geringem Schmerz in die Stube bannte, trat er herein mit einem halb vergnügten, halb verlegenen Gesicht und wurde mit so herzlicher Freude empfangen, daß er auch den Spott seiner Schwägerin über die schnelle Sinnesänderung gern mit in den Kauf nahm.

Er wollte zuerst nur bis zum andern Morgen bleiben; aber Hedwig bat ihn so inständig, wenigstens ein paar von ihren Lieblingsplätzchen anzusehen, daß er schließlich die Reisetasche wieder auf sein Zimmer trug und in aller Frühe mit Hedwig in den Wald hinaufkletterte.

Der junge Tag schien die Sünden seines Vorgängers ausgleichen zu wollen; denn völlig wolkenlos blaute der Himmel über den Bergen; nur ein leichter silberner Duft lagerte auf dem See und zog in durchsichtigen Streifen zu den Gipfeln empor.

Nachdem die beiden etwa eine halbe Stunde in dem dichten Buchenwald bergan gestiegen waren, hielten sie Rast auf einem Felsvorsprung, der sich gleich einer Kanzel senkrecht über dem See erhebt und einen großen Teil desselben, sobald man aus dem Walde tritt, plötzlich sichtbar werden läßt.

»Hier sitze ich stundenlang,« sagte Hedwig, indem sie auf der etwas verwitterten Bank Platz nahm und Ruhland mit einer Handbewegung einlud, ihrem Beispiel zu folgen.

Eine Weile saßen beide schweigend nebeneinander und blickten auf das herrliche Bild zu ihren Füßen. Die Bäume rauschten, von einem sanften Windzug bewegt. Aus der Ferne klang der eintönige Ruf des Kuckucks.

Hedwig zupfte an der verfaulten Rinde der Bank herum, und indem sie ein abgelöstes Stück zerbröckelte, begann sie zögernd: »Sie wissen es doch sicher, wann er kommt. Warum verheimlichen Sie mir's?«

»Wie sollte ich das wissen, wenn du es nicht weißt!« erwiderte er mit ehrlicher Verwunderung. »Ich habe nichts mehr von ihm gehört.« – Er duzte sie seit jener Unterredung; sie hatte ihn darum gebeten.

Nach einer Pause sagte sie, auf den See hinabschauend: »Ich denke mir manchmal – aber Sie dürfen nicht böse darüber sein –«

»Was denn, mein Kind?«

»Ich denke mir manchmal, ob er mich auch so lieb hat, wie ich ihn.«

Ruhland sah mit väterlicher Besorgnis zu ihr hin. Er hatte denselben Gedanken auch schon gedacht, aber immer von sich gewiesen. Wenn sie recht hätte! Schon die Möglichkeit erfüllte ihn mit Entrüstung: »Dann wäre er ja ein . . .« Erschrocken hielt er inne und fügte mit gezwungener Heiterkeit hinzu: »Das sind verliebte Grillen, mein Töchterchen.«

»Er hat noch etwas außer mir, was er liebt,« sagte sie, starr auf den See blickend, . . . »seine Kunst, seinen Ruhm. Ich habe nichts, gar nichts; ich kann ohne ihn nicht leben.«

Ein großer Stein hatte sich von dem Felsen losgelöst und polterte ins Thal hinunter. Hedwig schauerte zusammen; ihr Begleiter strengte seine Phantasie an, um dem Gespräch eine harmlose Wendung zu geben.

»Ich glaube gar, du bist eifersüchtig auf dein eigenes Bild,« sagte er lachend.

»Ja, ich hasse dieses Bild!« Sie stieß die Worte leidenschaftlich hervor und schleuderte dabei die Stückchen der Baumrinde, mit denen sie gespielt hatte, in den Abgrund.

»Weißt du, Kind, daß du ein ganz klein wenig thöricht bist?«

»Ich weiß es. Mein Glück ist schuld daran.« –

Als sie wieder abwärts stiegen, brannte die Sonne schon sengend heiß, obwohl es noch lange nicht Mittag war. Der Dunst auf dem See war verschwunden; nur um die ferneren Berge lagerte die sichtbare Schwüle des ersten Sommertags.

Nach dem Essen, welches die Gesellschaft in der offenen Veranda eingenommen hatte, wurde ein schattiges Plätzchen nicht weit vom Gasthof ausgesucht, wo Frau Petri und Frau Rüdiger Siesta zu halten pflegten. Der Maler beteiligte sich um so lieber an dieser Ruhestunde, als der ungewohnte Marsch am Morgen ihn ein wenig ermüdet hatte. Hedwig dagegen ließ es sich nicht nehmen, gleich nach Tisch auf den See hinauszurudern. Man warnte sie vor der großen Hitze und bat sie, bis gegen Abend zu warten; doch sie antwortete, heute könne sie es nur auf dem Wasser aushalten, und man werde doch ein Nixchen nicht hindern wollen, zu seinem Element zurückzukehren.

Am meisten aber litt unter den heißen Sonnenstrahlen der Wanderer, welcher zur selben Zeit die steile Straße des Kesselbergs hinanstieg. In immer kürzeren Zwischenräumen machte er Halt und fragte alle zwei Minuten den Knaben, der seine Reisetasche und nun auch seinen Rock zu tragen hatte, wie weit es noch bis zur Höhe sei. »Noch eine kleine halbe Stunde,« gab dieser jedesmal zur Antwort.

Erwin war in der unbehaglichsten Laune. Er bereute, daß er seinen Wagen in Kochel fortgeschickt hatte. Nun würde er ganz erhitzt an seinem Ziel ankommen, wo ihm doch Ruhe und Sammlung so nötig war. Und wer konnte wissen, wie lange es dauern mochte, bis er Hedwig allein finden würde! Er sah qualvolle Stunden der Verstellung voraus, gegen die seine gerade, ehrliche Natur, wie er es auslegte, sich sträuben mußte. Vielleicht wäre es doch richtiger gewesen, die Sache schriftlich zu erledigen. Was hinderte ihn daran, dies noch zu thun? Er überlegte schon, ob er nicht wieder umkehren und von Kochel aus schreiben sollte, als der Knabe auf einen wenige Schritte weiter oben stehenden Pfahl mit dem Zeichen des Hemmschuhs hindeutete: »Gleich werden wir's haben.«

Die Höhe war erreicht. Jetzt noch umzuwenden, nein – das wäre Feigheit gewesen. Im Vollgefühl seines Mutes schritt Erwin weiter.

Nach wenigen Minuten sah er hinter den Bäumen die schimmernde Fläche des Walchensees. Der Himmel war noch immer völlig klar; nur die fernen Gipfel, welche jetzt auftauchten, hatten sich in graue Schleier gehüllt, und tief im Westen stand scheinbar unbeweglich eine dunkle Wolkenwand. »Heute gibt's noch was,« bemerkte der Knabe, nachdem er sorgsam umhergespäht.

Im Gasthof angelangt, ließ Erwin sich ganz erschöpft auf der Bank vor dem Eingang nieder, bestellte eine Erfrischung und benutzte die Gelegenheit, die Kellnerin über alles Wissenswerte auszufragen. So erfuhr er, daß Ruhland und die beiden alten Damen nur ein paar hundert Schritte vom Hause im Walde sich befänden, während das Fräulein in den See hinausgerudert sei.

»Sehen Sie dort den Kahn, gerade links von dem großen Felsen,« sagte die Kellnerin auf den See deutend.

Erwins Augen folgten der angedeuteten Richtung. In der That gewahrte er einen hellen Punkt.

»Wie lange fährt man bis dorthin?«

»O, nicht mehr als zehn Minuten.«

»Ist jemand da, der mich rudern kann? Ich selbst bin zu sehr aus der Uebung.«

»Toni! Toni!« rief die Kellnerin und winkte nach dem Hause des Fischers hinüber. Der kräftige Mann, ein Fünfziger, war sogleich zur Stelle, und zwei Minuten später stieß der Kahn vom Ufer ab, in welchem Erwin mit klopfendem Herzen Hedwig entgegenfuhr.

Hedwig erkannte ihn schon von weitem. Sie rief und winkte unermüdlich. »Das Fräulein hat eine große Freud',« sagte Toni, der bisher kein Wort gesprochen hatte. »Da bekommt der gnädige Herr sehr ein gutes Weiberl.«

»Sie wissen!« fragte Erwin, innerlich unwillig über diese unerbetene Einmischung.

»So was spannt der Toni gleich.« Dann verstummte er wieder und ruderte eifrig weiter, indem er nur von Zeit zu Zeit befriedigt mit dem Kopfe nickte.

Das Boot näherte sich rasch dem andern. Hedwig hatte die Ruder eingezogen und stand aufrecht in dem kleinen, zierlichen Fahrzeug, unablässig mit ihrem Tüchlein winkend. Erwin erwiderte den Gruß und sagte sich dabei: »Es wird eine recht unangenehme Scene geben.«

Nun waren die Boote dicht aneinander. »Du böser Mensch,« rief Hedwig mit hellen Thränen in den Augen, »bist du endlich, endlich da?« Sie beugte sich zu ihm so lebhaft hinüber, daß ihr Kahn ins Schwanken geriet.

»Gib acht, daß du nicht umwirfst,« warnte Erwin. Sie schnellte zurück und sah ihn zweifelnd an. Ja, sie hatte sich nicht verhört. Sein erstes Wort war eine kühle Ermahnung gewesen.

Vom Fischertoni unterstützt, stieg er in ihren Kahn hinüber. Der Alte warf einen langen, zustimmenden Blick auf die beiden, wandte sein Boot und fuhr bedächtig wieder nach dem Ufer zu.

»Nun bist du mein Gefangener,« jubelte Hedwig, »und mußt mäuschenstill halten, wenn ich dich küsse.« Sie umschlang ihn leidenschaftlich, und halb aus ratloser Schwäche, halb aus Angst, daß das Boot umschlagen könne, that er nichts, sie zurückzuhalten.

»Und nun erzähle mir,« fing sie wieder an. »Alles, alles will ich wissen – seit unsrer Trennung. Und damit du mir nichts verschweigen kannst, rudere ich immer weiter hinaus in den See. Ich kehre nicht um, bis ich deine ganze Beichte vernommen habe.« Damit griff sie die Ruder auf und arbeitete mit drolligem Ungestüm an der Ausführung ihres Vorhabens.

»Laß mich nur zu Worte kommen,« sagte Erwin, während der Kahn pfeilgeschwind in der Richtung nach der Mitte des Sees hinflog. »Ich will gleich mit dem anfangen, was dich am meisten freuen wird. Als ein unbekannter Mensch bin ich von dir geschieden; jetzt bin ich das nicht mehr. Ich habe mir einen geachteten Künstlernamen erworben.«

»Glaubst du,« erwiderte sie, und ein leichter Vorwurf lag in dem Ton ihrer Stimme, »glaubst du, daß ich dich deshalb lieber habe?«

»O nein . . . gewiß nicht.« Er sagte dies mit heimlichem Triumph, weil er nun den richtigen Weg gefunden zu haben glaubte, ihr den

Abstand zwischen ihr und ihm auf eine zarte Weise deutlich zu machen. »Aber es wird dir doch nicht gleichgiltig sein,« fuhr er fort, »was für eine Stellung ich einmal einzunehmen berufen sein werde.«

Sie lachte. »Bist du aber feierlich geworden! Du sprichst ja wie auf dem Theater. Mir ist alles gleichgiltig, nur du nicht; du ganz allein nicht. Ich liebe ja nicht das, was du malst, sondern das, was du bist. Jetzt erzähle mir nur weiter. – Willst du vielleicht ein wenig rudern?« fügte sie hinzu.

»Ich verstehe mich nicht recht darauf.«

»Ich dachte, daß es dir Spaß macht; müde bin ich noch lange nicht.«

Er suchte eine möglichst ernste Miene anzunehmen. Eine kurze Zeit saß er ihr schweigend gegenüber, während sie ihre Augen erwartungsvoll auf ihn richtete.

»Du weißt,« begann er jetzt, »welchen großen Erfolg das Porträt errungen hat . . .«

»O, davon rede mir nicht, sonst halte ich mir die Ohren zu!«

»Und warum? Gibt es etwas, was uns beide näher anginge?«

»Gerade, weil es mich nahe angeht, will ich nichts davon wissen.«

»So! Nun verstehe ich auch, warum du mir trotz meiner Bitte kein Wort darüber geschrieben hast.«

Sie sah ihn angstvoll an. »Erwin, ich habe dies Bild unaussprechlich geliebt, so lange es unser Geheimnis war. Aber als ich davon in der Zeitung las, als ich von fremden Leuten sein Lob hörte, da kam es mir vor wie entheiligt. Daß ich dir gefallen habe, das hat mich so glücklich gemacht . . . so glücklich. Und nun weiß die ganze Welt davon.«

»Nun, deshalb bin ich eben ein Künstler, und es ist des Künstlers Bestimmung, die ganze Welt an seinen Empfindungen teilnehmen zu lassen.«

»Ich sehe das recht gut ein, Erwin, und will mich auch nie darüber beklagen. Aber die Empfindungen, die wir für uns ganz allein zurückbehalten, die niemand von den gleichgiltigen Menschen erfährt, das sind doch die schönsten, nicht wahr?«

Sie hatte die Ruder wieder eingezogen. Es war so windstill, daß der Kahn fast ruhig stehen blieb. Jetzt ergriff sie seine Hand und wiederholte leiser: »Nicht wahr, Erwin?«

Bis zu diesem Augenblick war ihm sehr schlimm zu Mute gewesen; nun fühlte er sich völlig als Herr der Situation. »Höre mich ruhig an,« sprach er mit überlegener Ruhe. »In der Zeit unsrer Trennung ist mir vieles klar geworden, woran ich vorher kaum gedacht habe. Vor allem weiß ich jetzt, daß ich eine große Aufgabe, eine Mission in der Welt zu erfüllen habe, und ich wäre leichtsinnig, ja gewissenlos, wenn ich nicht fortwährend mein Ziel vor Augen behalten wollte. Ich fühle jetzt meine Kraft, und ich werde alles thun, sie zur Freude der Welt anzuwenden. Und noch eins habe ich erfahren: daß selbst mein Name mir Verpflichtungen auferlegt von ungewöhnlicher Art. Du wirst das begreifen, wenn ich dir sage: Albrecht Dürer, der große deutsche Meister, war mein Ahnherr. Ich bin sein Enkel, und ich werde mich bestreben müssen, seiner würdig zu bleiben.«

Hedwig blickte entgeistert auf den Boden des Kahns. Ihre ineinander gefalteten Hände zitterten. Sie hatte Mühe, sich aufrecht zu halten. Langsam und tonlos sagte sie: »An das alles hast du in dieser Zeit denken können. Ich habe nur an *eines* gedacht.«

»Nun, woran denn?«

»An unser Glück.« Sie schlug die Hände vor die Augen, als wolle sie eine furchtbare Helle verscheuchen, die lodernd vor ihrer Seele emporstieg.

Er sah sie an und war zweifelhaft, ob er Mitleid oder Entrüstung zeigen solle. »Hedwig, entweder du willst mich nicht verstehen oder . . .«

»Ich verstehe dich! Ja, ich verstehe dich!« Die Thränen stürzten ihr aus den Augen. Mit ungeheurer Anstrengung suchte sie ihren wilden Schmerz zu bekämpfen. »Du hättest mir gleich sagen sollen, daß ich dir nur gut genug war, um von dir gemalt zu werden, aber nicht um dein Leben zu teilen; daß du nicht freudig hierher kamst, sondern mit widerstrebendem Herzen! Du hättest es gleich sagen sollen; denn ich habe es ja doch gemerkt im ersten Augenblick.«

»Ich begreife nicht, warum du jetzt die Beleidigte spielen willst, während ich doch nur . . .« Sie überhörte diese Worte, mit äußerster Ueberwindung nach Fassung ringend.

»Und ich . . . wie habe ich diesen Augenblick herbeigesehnt! Ich hatte ja keine eigenen Gedanken mehr; alle, alle waren sie bei dir! Mein Herz hat geglüht für dich; nun lässest du es erfrieren. Du sagst, ich verstehe dich nicht! Du Armer! Du . . . du selbst hast mich niemals verstanden.«

»Also diese Wirkung hat es,« brachte er mit heiserer Stimme hervor, »wenn ich von meiner Zukunft mit dir rede. Da muß ich doch sagen . . .«

»Sag es nur, sag es, daß du mich nicht liebst!« – Dies klang wie ein Schrei. Sie weinte nicht mehr; aber ihre Augen blitzten in unheimlichem Feuer, ihre Hände waren geballt. Er fing an, sich vor ihr zu fürchten.

Er versuchte, sie durch einen Scherz zu beruhigen. »Aber du Närrchen!« Im nächsten Moment empfand er selbst, wie abscheulich das klang.

Plötzlich riß sie die Ruder herum und begann mit verzweifelter Kraft nach dem Ufer zu steuern.

Er fand keine Worte, um ihr auszureden, was Wirklichkeit war; aber er sah ein, daß er etwas thun müsse, sie zu besänftigen. »Mitten auf dem See!« dachte er. »Welch eine Situation; sie ist zu allem fähig.« Er beugte sich zu ihr und wollte ihre Hand, die behend mit dem Ruder hin und her fuhr, ergreifen. Sie zuckte zusammen; eine gigantische Willenskraft schien ihr jede Muskel zu stählen.

»Rühren Sie mich nicht an, oder ich springe heraus!«

»Nur von ihm fort!« das war ihr einziger Gedanke, der sie zu fieberhafter Anstrengung spornte.

Ein ferner Donner ließ sich in langgezogenem Rollen vernehmen und verhallte in den Bergen. Die beiden hatten nicht beobachtet, daß schnelle Wolken von Westen heraufgerückt und Schicht für Schicht, schwer und dunkel, sich übereinander getürmt hatten. Nun schauten beide gleichzeitig empor. Das Gewitter mußte jeden Augenblick ausbrechen. Zugleich fuhr, wie um ihre Vermutung zu bestätigen, ein heftiger Windstoß über den See, und große Wellen prallten gegen die Bootswand.

Ueber Erwin kam eine namenlose Beunruhigung. »Was nun?« dachte er. »Vor allem sie versöhnen!« Aber ein Blick auf ihr starres Antlitz raubte ihm jeden Mut, sie anzusprechen.

Hedwig hatte mit der Raschheit des Denkens, welche nur dem furchtbaren Schmerz eigen ist, die Lage überblickt. Urfeld war vor einer halben Stunde nicht zu erreichen; das Dorf Walchensee lag weit näher; in zehn Minuten konnte sie dort sein. Also nach Walchensee!

Es war eine schreckliche Fahrt. Erwin hatte noch einmal einen Beschwichtigungsversuch gemacht, ihr sogar seine Hilfe im Rudern angeboten. Er war ohne Antwort geblieben. Mit Aufbietung aller Kraft, als gelte es ein Wettfahren, strebte sie ihrem Ziel entgegen. Der Wind wurde heftiger, die Wellen größer. Mit bohrendem Geräusch schlugen sie an das schwache Boot, welches mehr und mehr zu schwanken begann. Blitze zuckten auf, in immer kürzeren Zwischenräumen von hallendem Donner gefolgt. Nun fing es auch an zu regnen, erst in einzelnen schweren Tropfen, dann immer stärker. Hedwigs Haare flatterten aufgelöst im Winde. Erwin saß zusammengekauert im Boot, völlig zerknirscht und willenlos. Der Regen fiel jetzt stromweis herab; es wurde dunkel, und das nicht mehr ferne Ufer war kaum zu erkennen. Keine Sekunde lang verlor das entschlossene Mädchen trotz alledem die Geistesgegenwart; sie ruderte durch Sturm, Gewitter und Regen dem Ufer zu, und wenn irgend ein andrer im Boote gesessen hätte als Erwin, er wäre ihr jetzt bewundernd zu Füßen gesunken.

* * *

Endlich stieß der Kahn, der sich schon stark mit Wasser gefüllt hatte, ans Land. Einige Leute waren, als sie das Fahrzeug bemerkt, vom nahen Wirtshaus herbeigeeilt und halfen es befestigen. Mitleidig boten sie den ganz durchnäßten Insassen an, ihnen trockene Kleider zu verschaffen. Hedwig lehnte mit kurzem Dankwort ab, und obwohl sie leichenblaß war und beim Verlassen des Kahns beinahe umgesunken wäre, schlug sie, ohne Erwin nur eines Blickes zu würdigen, mit raschen Schritten die Fahrstraße nach Urfeld ein.

Erwin hatte, sobald er wieder festen Boden unter den Füßen gespürt, neuen Mut geschöpft. »So darf ich sie nicht von mir gehen lassen,« dachte er. Schnell entschlossen holte er die Fliehende ein.

»Ich beschwöre Sie,« rief er – denn er wagte nicht mehr, sie mit du anzureden –, »ich beschwöre Sie, nicht um meinetwillen, sondern um Ihretwillen: eilen Sie nicht so fort, wenn Sie auch jetzt auf mich erzürnt sind. Nehmen Sie sich wenigstens Zeit, die Kleider zu wechseln. Ich bestelle dann einen Wagen. Was sollen die Leute, was sollen die Ihrigen denken, wenn Sie in diesem Zustande in Urfeld ankommen! Es ist eine Stunde bis dahin, und dazu dies Wetter!«

Er deutete nach dem Himmel, welcher jetzt eintönig grau war, und von dem der Regen noch immer mit ungeschwächter Heftigkeit niederströmte. Das Gewitter dagegen schien sich verzogen zu haben; nur noch selten grollte der Donner, ferner und ferner.

Hedwig war zusammengeschreckt, als er sie angeredet. In der dumpfen, ratlosen Stimmung, welche sich ihrer bemächtigt hatte, wäre sie vielleicht nachgiebig gewesen, hätte er nur ein einziges warmes Wort gefunden. Aber ein Frösteln überlief sie, während er sprach. Sie beschleunigte ihre Schritte.

»Lassen Sie mich!« Sie sagte das leise, aber mit einer so wilden Energie, daß er unwillkürlich zurücktaumelte.

»Sie sind von Sinnen,« erwiderte er. »Ich habe mein möglichstes gethan und lehne jede Verantwortung ab.«

Ein verächtlicher Seitenblick streifte ihn. – »Und diesen Menschen habe ich geliebt!« – Sie lief mehr als sie ging. Nach einer Minute war sie seinen Augen entschwunden.

Achselzuckend kehrte er um und richtete seine Schritte nach dem Gasthof zur »Post«. Er fühlte sich ganz zerschlagen; nur mit Mühe konnte er die Füße heben. »Ich werde sicher krank,« dachte er. »Welch ein Tag! Welch ein Tag! Aber es ist gut, daß es vorüber ist. Ich werde ihr noch einmal schreiben; bis dahin wird sie ruhiger sein und mir Gerechtigkeit widerfahren lassen.« Gleich darauf sann er schon über einen passenden Anfang dieses Briefes nach.

In der »Post« angelangt, traf er mit Vorbedacht seine Anordnungen. Da er im Gasthaus von Urfeld nicht mehr gesehen werden wollte, ließ er durch den Wirt einen Boten dorthin senden, um die Reisetasche zu holen, welche glücklicherweise alles Nötige zum Wechseln der durchnäßten Kleider enthielt. Es war vier Uhr; in zwei Stunden spätestens mußte der Bote zurück sein. Demgemäß bestellte er auf sechs Uhr einen Einspänner, der ihn gleich bis Kochel bringen sollte. Dann ließ er sich ein Zimmer geben, legte sich ins Bett, um inzwischen die Kleider so weit trocknen zu lassen, daß sie eingepackt werden konnten, und trank mehrere Tassen Thee. Die Wärme und Ruhe that ihm wohl nach all diesen Stürmen. Es wurde ihm immer behaglicher zu Mut, besonders da er jetzt seine Gedanken geflissentlich auf die Zukunft richtete. Ein großer Irrtum war siegreich bekämpft; daß es nicht ganz glatt abgehen würde, hatte er ja vorausgesehen. Und er mußte sich von aller Schuld ledig sprechen. War es sein Fehler, daß eine Liebelei sein Herz nicht auszufüllen vermochte? Und war es nicht seine Pflicht gewesen, dies einzugestehen, ehe es zu spät wurde? Er hatte das Unvermeidliche so zart wie möglich abgethan. Nun war es überwunden. Vor ihm aber lag die Freiheit und der Ruhm. Wie wollte er jetzt arbeiten! Wie wollte er durch Thaten zeigen, daß er zu groß gewesen, um in spießbürgerlicher Liebe aufzugehen, daß er ein alltägliches Glück verschmäht habe, um seiner Kunst freier zu dienen! Er streckte sich bequemlich aus unter der warmen Decke, in dem Gefühl, daß es nichts Gewöhnliches sei, was er vollbracht hatte.

Kurz vor sechs Uhr kam der Bote aus Urfeld zurück. Erwin kleidete sich an und stieg die Treppe hinunter. Der Wagen stand schon bereit. Ein paar Augenblicke später rasselte das zweifelhafte Fuhrwerk mit ihm davon.

Mittlerweile hatte der Regen aufgehört, und zwischen den zerrissenen Wolken blickte hier und dort schon wieder ein blaues Fleckchen hervor. Eine köstliche, feuchtkühle Luft wehte vom See her, auf dessen völlig geglättete Fläche sich bereits ein paar Kähne hinausgewagt hatten.

Nicht ohne einiges Herzklopfen sah Erwin den Urfelder Gasthof auftauchen. Aber er fuhr daran vorüber, ohne ein bekanntes Gesicht zu entdecken. Er atmete erleichtert auf, als er den See im Rücken hatte. Nun war nichts mehr zu fürchten.

Immer mehr klärte sich der Himmel auf; zuletzt brach noch die abendliche Sonne durch und sandte schräge Strahlen nach den hohen Tannenwipfeln zu beiden Seiten des Hohlwegs. Das Pferdchen, welches bis hierher in munterem Trab gelaufen war, zog nun den Wagen langsam die für einige Minuten schroff ansteigende Straße hinauf. Bei einer besonders steilen Stelle der Straße bat der Kutscher seinen Fahrgast, den Wagen zu verlassen, bis die Höhe erreicht sei. Erwin kletterte herab und ging gemächlich hinter dem Wagen her, von Zeit zu Zeit das nasse Laub überhängender Aeste mit der Hand abstreifend.

Das Knarren des Fuhrwerks und die ermunternden, stets mit einem Peitschenknall verbundenen Zurufe, mit denen der Kutscher sein Pferd antrieb, ließen Erwin die eiligen Schritte eines Mannes überhören, der auf der Straße hinter ihm drein kam. Erst als dieser ihn eingeholt hatte, drehte er sich gleichmütig um und sah in das erhitzte, hochgerötete Antlitz Ruhlands.

Ein heftiger Schrecken erfaßte ihn; aber er wußte sich gleich wieder zu beherrschen, und indem er seinem Lehrer mit möglichster Unbefangenheit die Hand entgegenstreckte, sagte er: »Welch ein glücklicher Zufall, daß ich Sie hier noch treffe.«

»Meinst du?« keuchte Ruhland, ohne die dargebotene Hand zu ergreifen. Der rasche Gang und der Zorn, welcher ihn durchschüttelte, hatten ihn ganz außer Atem gebracht und bis jetzt vergeblich nach Worten ringen lassen. »Meinst du? Ja, was der Zufall nicht alles zu stande bringt! Doch genug der Komödie. Wenn ich dir nachlaufe, so wird es seine besonderen Gründe haben. Ich bin von allem unterrichtet und wollte dir möglichst schnell versichern, daß wir beide geschiedene Leute sind.«

Erwin stand wie vom Blitz getroffen; er wußte noch nicht, ob er seinen Ohren trauen dürfe. »Wie?« brachte er endlich hervor.

Ruhland zitterte und griff sich wiederholt nach dem Herzen. Der sonst so maßvolle Mann war völlig im Bann einer ungeheuren Erregung. »Du willst mich wohl nach der Ursache fragen? Und sie ist doch mit Händen zu greifen! Aber was kannst du denn sehen, du Blinder, du Blinder! Dort unten am See habe ich ein verzweifeltes Menschenkind zurückgelassen, und jede ihrer Thränen hat mich angeklagt, daß ich mich so gröblich konnte täuschen lassen in meinen alten Tagen. Weißt du, was du heute gethan hast? Dein Glück hast du von dir gestoßen, du Thor! Das Herz, dessen Nähe schon genügte, dir einen Abglanz von Größe zu borgen, hast du verschmäht, du Undankbarer. Und deine eigene Kleinheit hast du offenbart, du Unvorsichtiger! Dein Künstlertum hast du entweiht; ich aber wende mich von dir und will nichts mehr gemein mit dir haben!«

Er wandte sich zum Gehen; aber Erwin faßte ihn beim Arm mit einer dringlich flehenden Gebärde. »Hören Sie mich erst, ehe Sie mich verdammen. Was ich heute gethan habe, war kein leichtsinniger Streich; es war ein Opfer, das ich mir mühsam abgerungen. Ich könnte Ihnen viel über meine inneren Kämpfe berichten; aber hier ist nicht der Ort dazu. Nur eins dürfen Sie mir glauben: Meiner Kunst habe ich meine Liebe geopfert, wie ich ihr alles zu opfern bereit bin. Sie zuerst sollten das begreifen und billigen; denn ich liebe die Kunst, die Sie mich gelehrt, über alle Maßen.«

»Das ist nicht wahr. Nur dich selber liebst du, dich ganz allein. Und deshalb wird deine Kunst dich verstoßen, so wie ich dich jetzt verstoße. Lebe wohl!«

Erwin wollte ihn noch zurückhalten, ihm ein besänftigendes Wort nachrufen. Aber er hörte nicht mehr. Mit großen, stolzen Schritten ging er bergabwärts.

* * *

In den ersten Tagen nach diesen stürmischen Auftritten kam es Erwin noch nicht zum Bewußtsein, wie viel er verloren hatte. Die herbe Zurückweisung seitens des Mannes, den er jahrelang wie ein Orakel verehrt, war ihm allerdings sehr nahe gegangen; aber er fühlte sich im Recht und glaubte, daß er in kurzer Zeit seinem Lehrer werde beweisen können, wie falsch er ihn beurteilt. Es schien ihm natürlich, daß Ruhland sich vom ersten Aerger hatte hinreißen lassen, zumal seine Zwischenträgerrolle ihn seiner Schwägerin gegenüber jetzt nachträglich in Verlegenheit bringen konnte. Erwin machte sich deshalb Vorwürfe, daß er nicht vorher die Sache mit seinem Lehrer ruhig durchgesprochen. Dies hielt er für die einzige Unüberlegtheit seines Vorgehens. Im übrigen war er entschlossen, die Rolle des unschuldig Gekränkten zu spielen und durch die That Ruhland davon zu überzeugen, wie unrichtig seine Prophezeiung gewesen sei. Ja, durch die That! Je schneller er den Ruhm, dem er so große Opfer gebracht, befestigte, um so besser konnte er die Notwendigkeit dieser Opfer vertreten.

Gleich nach seiner Rückkehr in die Stadt hatte er deshalb ein eigenes Atelier gemietet und den Umzug in aller Eile bewerkstelligt. Und sobald er nur notdürftig eingerichtet war, fing er an, mit fieberhafter Ausdauer zu arbeiten. Aber gerade die Arbeit, die er als das sicherste Mittel seiner Rechtfertigung betrachtete, war bestimmt, sein Ankläger zu werden.

Er begann das Porträt des Majors mit all dem ruhigen besonnenen Fleiß, den er immer besessen hatte. Schon die erste Skizze erschreckte ihn durch ihre schulmäßige Nüchternheit. Er stellte sie zurück und fertigte eine zweite, eine dritte, die beide noch schwächer ausfielen. Nun sah er sich gezwungen, den ersten Entwurf wieder vorzunehmen. »Was hier verfehlt ist,« so tröstete er sich, »das wird die Ausführung wieder gut machen.« Unverzüglich ging er an die Ausführung.

Als diese nach wenigen Wochen vollendet war, mußte er mit nagendem Kummer einsehen, daß es ein völlig verpfuschtes Werk sei. Auch der Besteller verhehlte seine Enttäuschung nicht.

Rasch gefaßt, verbrannte er die Leinwand und bat den Herrn, ihm noch einmal zu sitzen. Dieser willigte mit merklichem Widerstreben ein. Aber schon ein paar Tage darauf, kurz nachdem der Major das Atelier verlassen hatte, warf Erwin Pinsel und Palette zu Boden, schlug die Hände vors Gesicht und schrie laut auf: »Ich kann nicht! Ich kann nicht!« –

Aus einer dumpfen Betäubung erwachend, in der er stundenlang willenlos verharrt hatte, schrieb er dem Major einen Absagebrief voll allerlei nichtssagender Entschuldigungen. Er schützte seinen Gesundheitszustand vor, gab an, daß andre Arbeiten seine ganze

Kraft erforderten, und schloß damit, daß es gegen sein Gewissen gehe, jemanden an seine Kunst zu fesseln, den diese schon einmal unbefriedigt gelassen habe.

Nun atmete er wieder auf. »Dies war eine Arbeit,« dachte er, »bei der mein Herz nicht Anteil nahm. Ich muß einen Stoff finden, der mich hinreißt, der mich ganz und gar gefangen nimmt . . . ein neues künstlerisches Ideal!«

Mit steigender Hast, wie von bösen Geistern gehetzt, begann er nach einem solchen Stoff zu suchen.

Er fand ihn nicht.

Vergebens zermarterte er seine Phantasie; vergebens fing er jeden Morgen eine neue Skizze an; vergebens sann er großen, umfassenden Entwürfen nach. Sie zerflatterten, noch ehe sie feste Form angenommen hatten.

Dabei diese furchtbare Vereinsamung! Seit Beginn des Juli war die Mehrzahl seiner Kameraden verreist, und auch nur einem von ihnen seine Lage, seine Gemütsverfassung anzuvertrauen, wäre er um alles in der Welt nicht im stande gewesen. So hätte er ja mit eigener Hand das erst vor kurzem errungene Ansehen zerstört. Der einzige wahre Freund, den er jemals besessen, hatte sich grollend von ihm abgewandt.

Wenn Ruhland recht hätte! Dieser Gedanke packte ihn plötzlich mit der Wucht eines Wirbelsturms. Aber noch wehrte er sich dagegen mit aller Kraft seines Selbstbewußtseins. Warum sollten ihm nicht noch glänzende Triumphe vorbehalten sein? Daß er fürs erste nicht die rechte Stimmung fand, was lag daran? Jeder Künstler ist Stimmungen unterworfen, sagte er sich.

Zugleich aber beherrschte ihn der unwiderstehliche Trieb, möglichst bald wieder Lob zu verdienen oder doch von sich reden zu machen. Er kam sich so ausgestoßen, so vergessen vor. Zum erstenmal erfüllte es ihn mit brennendem Neid, wenn er von fremden Erfolgen las. »Ich bedarf neuer Anregungen, neuer Ermutigungen,« rief es in ihm; »ich muß meiner Kraft gewiß werden, um jeden Preis!«

Noch einmal raffte er sich auf zu angestrengter Arbeit. Er dachte nicht mehr nach, er grübelte nicht mehr über großartige Probleme; er malte, malte, malte, das erste beste, was ihm in den Sinn kam. Als er so innerhalb weniger Tage ein früher begonnenes Bild, den jungen Bauernburschen darstellend, zu Ende geführt hatte, übergab er es sofort dem Kunstverein, ohne lange zu erwägen, wie schnell er die Anforderungen an sich selbst herabgestimmt hatte.

Eine halbe Woche später trat früh am Vormittag Ballerstedt bei ihm ein. Mit dem heitersten Gesicht sagte er, indem er sich nachlässig in einen Sessel warf: »Du lebst also noch? Das wollte ich nur wissen. Man hört und sieht ja nichts mehr von dir. Aber ich mußte mich wenigstens überzeugen, ob du nicht einem Mißverständnis zum Opfer gefallen bist.«

»Wieso?«

»Hier lies?« Dabei reichte er ihm ein noch druckfeuchtes Zeitungsblatt und deutete auf eine blau angestrichene Stelle.

»Erwin Dürer,« so stand da zu lesen, »hat in seiner neuen Arbeit die Erwartungen ganz und gar nicht erfüllt, die wir kürzlich an seinen Namen knüpften. Es verlohnt sich nicht, noch ein Wort über dies völlig mißlungene Bild zu verlieren.«

Das Blatt entsank Erwins Hand. Er griff in die leere Luft, als ob er sich gegen einen unsichtbaren Feind verteidigte.

»Nun?« fragte Ballerstedt. »Dieser unglückselige Bauernbursch ist doch wohl nicht von dir?«

»Ja, allerdings . . . ich dachte . . .«

»Nichts für ungut; dann verstehe ein andrer, wie du dich verleiten lassen kannst, nach einem solchen Erfolg eine nichtsnutzige Jugendarbeit auszustellen.«

»Ja, ja . . . eine Jugendarbeit,« wiederholte Erwin lallend.

»Uebrigens,« fuhr Ballerstedt behaglich fort, ohne zu bemerken, wie bleich Erwin geworden war, »ich habe dir noch eine feierliche Enthüllung zu machen. Aber erst will ich mir eine Cigarette anstecken . . . So! – Also höre und staune! Wie du mich da siehst, bin ich ein glücklicher Bräutigam.«

Im Nu war Erwin aufgesprungen, hatte den Schlachtenmaler hart an der Brust gepackt und rief: »Sage, daß das gelogen ist, oder ...«

»Bist du verrückt?« versetzte Ballerstedt, indem er ihn zurückschleuderte. Darauf hob er ruhig die Cigarette wieder auf, die ihm entfallen war. »Willst du mir gefälligst eine Erklärung für dies Benehmen geben!«

Mühsam atmend war Erwin auf einen Stuhl gesunken. »Verzeih! Ich bin nicht wohl, gar nicht wohl. So schnell also ... das hat mich so überrascht. Noch vor ein paar Wochen sprachest du ...« Er konnte nicht weiter reden; er fühlte, wie ein tödlicher Schmerz in ihm aufstieg.

»Ja, weiß der Teufel,« lachte Ballerstedt. »Ich selbst war überrascht genug von meiner Bekehrung. Indessen – das Mädchen liebt mich nun einmal; sie ist schön und reich, und da bin ich hängen geblieben. Zwar, was soll das verdammte Junggesellenleben auf die Dauer nützen? Aber was hast du denn? Du scheinst wirklich krank zu sein.«

Erwin nickte nur mit dem Kopf, ohne eines Wortes mächtig zu werden. Endlich stammelte er: »Es geht vorüber. Laß mich jetzt allein.«

Er konnte noch sehen, wie sich die Thür hinter dem Schlachtenmaler schloß. Dann brach er mit einem krampfhaften Schluchzen zusammen.

Am Abend dieses Tages war er bewußtlos. Ein heftiges Fieber hatte sich seiner erbarmt.

Die Krankheit ließ bald nach. Der Arzt, den seine wackeren Wirtsleute gleich herbeigeholt hatten, fand den Zustand schon am zweiten Tag völlig unbedenklich.

Beständig glaubte der Kranke an einem großen Werke zu arbeiten. Bald war es eine romantische Gewitterlandschaft mit wogendem See, welche er unter seinen Händen entstehen zu lassen vermeinte, bald ein figurenreiches Genrebild, bald eine tiefsinnige Allegorie. Aber eine Gestalt befand sich im Vordergrund all dieser erträumten Gemälde: ein Mädchen mit blonden Haaren und dunklen Augen. Zuletzt löste sich alles in Dunst auf, nur diese Gestalt blieb zurück, im hellen Sommerkleid, die Blume im Haar, mit dem stillen, fragenden, sehnsüchtigen Blick. Und dieser Blick war immer, immer auf ihn gerichtet. Er wollte den wehmutsvollen Augen eine andre Richtung geben; aber so viel er malte, sie schauten nur nach ihm. Er wollte fliehen; sie folgten ihm, wohin er sich auch wandte, ihnen auszuweichen. Da kehrte er wieder, sank vor seinem eigenen Bild in die Kniee und schluchzte: Verzeih! Verzeih! Doch siehe, es war kein Bild; die Gestalt lebte und atmete, Flügel sproßten an ihren Schultern, und sich loslösend vom dunklen Hintergrund schwebte sie langsam in die Höhe. Er blieb allein zurück, ganz allein . . .

Erwin genas noch schneller als der Arzt gehofft hatte. Nur eine große Schwäche war noch vorhanden. »Sie können sich als ganz geheilt betrachten,« versicherte ihm der Arzt; »doch Sie dürfen in der ersten Zeit unter keinen Umständen arbeiten.«

»Dafür ist gesorgt, Herr Doktor,« gab er mit trübem Lächeln zur Antwort. Gleichzeitig empfand er es als wohlthuend, daß die erwünschte Unthätigkeit ihm jetzt zur Pflicht geworden war.

Wie häufig bei Genesenden, war auch bei ihm der Drang vorhanden, sein bisheriges Leben wie etwas Abgeschlossenes zu überschauen. Mit stumpfer Resignation sah er nun ein, daß er für sein innerstes Eigentum gehalten hatte, was nur eine kurze Flucht aus sich selbst, ein Aufgehen in eine fremde, stärkere Seele gewesen war. »Ein Abglanz von Größe!« so hatte Ruhland gesagt. Ja, und tausendmal ja!

Dieses Zugeständnis, das ihn vor seiner Krankheit in Verzweiflung getrieben hätte, konnte ihn kaum mehr erschüttern. Es beruhigte ihn sogar, daß er nun wieder einen Ausweg sah. Er hatte einen Irrtum begangen; was hinderte ihn daran, denselben wieder gut zu machen?

Wenn er zu Hedwig zurückkehrte, wenn er alles aus einem unseligen Mißverständnis herleitete, dann war jener falsche Schritt so gut wie ungeschehen. Denn daß sie ihm verzeihen würde, schien ihm zweifellos. »Und,« meinte er befriedigt, »ich werde noch ein gutes Werk thun und sie glücklich machen. Ihre Nähe aber wird mir die Kraft von neuem verleihen, die sie mir schon einmal gab.« Er schlug sich vor den Kopf: »Warum ist mir dieser rettende Einfall nicht schon früher gekommen!«

So begann er auf Trümmern zu bauen. Aber ein furchtbarer Windstoß warf das Gebäude zusammen.

Als er von dem ersten Ausgang, den er nach der Krankheit unternehmen durfte, heimkehrte, fand er einen Brief auf seinem Tisch. Das Schreiben kam aus der kleinen bayrischen Stadt, in welcher Frau Rüdiger wohnte; es war von Frau Petri unterschrieben. Mit zunehmender Bestürzung las Erwin die folgenden Zeilen:

»Geehrter Herr!

»Nur die dringlichste Notwendigkeit kann mich veranlassen, diesen Brief an Sie zu richten; auch schicke ich voraus, daß weder mein Schwager noch meine bedauernswerte Freundin etwas von diesem Schritte ahnen. Was geschehen ist vor unsern Augen, haben wir erst aus dem Munde eines schwerkranken Mädchens erfahren. Das heldenmütige Kind hat bis gestern ihrer eigenen Mutter ihr Herzeleid verschwiegen. Von Todesahnungen gequält, hat sie endlich gesprochen, und nun wissen wir alles. Wir wissen, daß sie eine tiefe Leidenschaft für Sie im Herzen getragen, daß ihre Hoffnungen grausam getäuscht worden sind. Ferne sei es von mir, Sie, mein Herr, wegen Ihrer Handlungsweise anzuklagen; dies wäre auch wahrlich nicht der geeignete Augenblick dazu. An jenem Tage, an welchem Hedwig uns aus Sturm und Gewitter heimkehrte, schrieben wir ihre Verstörtheit, ihr völlig verändertes Wesen nur der Angst zu, die sie auf dem tobenden See erlitten, und auch die schwere Krankheit, welche sich nach wenigen Tagen einstellte, erklärten wir uns allein aus den Folgen des Unwetters. Ja, wir waren blind genug, dem Arzt, welcher neben der gefährlichen Erkältung ein tiefes Seelenleiden erkennen wollte, keinen Glauben zu schenken. Was dann das arme Kind im Fieber gesprochen, hat uns freilich bald eines Besseren belehrt. Fast einen Monat lang schwankte sie zwischen Tod und Leben. Endlich trat eine Milderung ein, die uns wenigstens ermöglichte, mit der Kranken in ihre Heimat zu reisen, wo ihr bessere Pflege zu teil werden konnte. Aber was hilft alle Pflege und Kunst bei einem Menschenkind, dessen Herz zum Tode wund ist! Denn daß ich es Ihnen nur sage, sie liebt Sie immer noch. Und so bin ich überzeugt, es gibt nur ein Heilmittel für die Kranke. Welches, das zu erraten überlasse ich dem Rest von Neigung, der auch in Ihnen noch leben muß, oder doch Ihrem menschlichen Mitgefühl. Daß es mir schwer genug geworden, Ihnen das zu schreiben, werden Sie mir glauben. Aber wozu sollte ich nicht fähig sein, wenn es sich um eine fast verzweifelte Freundin handelt und um das Leben eines Kindes, welches ich selbst wie eine Mutter liebe!«

Erwin nahm sich nicht lange Zeit nachzudenken. Er wußte, daß für ihn die letzte große Entscheidung herangenaht sei. Der eigenen Schwäche nicht achtend, reiste er mit dem nächsten Zuge ab. Wenige Stunden später war er an Ort und Stelle. Es ging gegen Abend, als er, nur mit Mühe sich aufrecht haltend, leise die Klingel zog.

Frau Petri öffnete ihm. »Ich dachte, daß Sie kommen würden; es war die höchste Zeit,« flüsterte sie. »Treten Sie hier ein; ich will die Kranke vorbereiten.« Damit führte sie ihn in ein kleines, bescheiden eingerichtetes Wohnzimmer. »Frau Rüdiger schläft ein wenig,« fügte sie dann entschuldigend hinzu; »die vielen Nachtwachen haben sie sehr erschöpft.« Darauf entfernte sie sich, auf den Zehen schleichend. Erwin verlebte einige fürchterliche Minuten.

»Kommen Sie,« hörte er Frau Petri sagen, die mit Thränen in den Augen wieder eingetreten war. Er erhob sich und folgte ihr. Es kam ihm vor, als sei er ein ganz alter Mann.

Sowie er in das Krankenzimmer trat, richtete sich Hedwig hoch auf von ihrem Lager. Ihr abgezehrtes Antlitz glühte; ihre Augen leuchteten in unruhigem Feuer. Sie versuchte zu lächeln, und indem sie dem Ankömmling die weiße, durchsichtige Hand entgegenstreckte, sprach sie kaum hörbar: »Bist du endlich da, Erwin?«

Er warf sich vor ihrem Lager nieder und bedeckte ihre Hand mit Küssen. »Hedwig, Hedwig, kannst du mir vergeben?«

Frau Petri hatte sich mit leisen Schritten zurückgezogen. Hedwig streichelte mit der Hand, die er geküßt hatte, seine heiße Wange. »Ich habe dir schon vergeben, Erwin. Siehst du, das mußte ich dir noch sagen, ehe ich ...« Das Sprechen kostete sie große Anstrengung; sie sank in die Kissen zurück und hob dann wieder das Haupt. »Ich war im Unrecht; ich weiß es. Dein Weg ist so schwer und steil, daß du mich nicht mitnehmen konntest, und du sollst ... du sollst hinaufkommen bis auf die Höhe.«

Diese Worte trafen ihn wie ein Schwert. Er wollte antworten, aber nur ein lautes Stöhnen rang sich über seine Lippen. Endlich brachte er hervor: »Ich kann diesen Weg nicht gehen ohne dich! Verlaß mich nicht!«

»Das ist ein Irrtum, mein Freund, den du später erkennen und bereuen würdest. Meine Liebe, die bleibt dir ja doch. Und nun – lebe wohl!«

Sie war wieder zurückgesunken und hatte die Augen geschlossen. So lag sie wie leblos; nur um ihre Lippen spielte ein glückliches Lächeln.

»Hedwig, du leidest, und ich ... ich allein bin schuld daran.«

»Nein, nein,« hauchte sie, »mir ist wohl, wie lange nicht. Gute Nacht! Gute Nacht! ...« Sie tastete noch nach seiner Hand. Er bemerkte es nicht, seinem fassungslosen Schmerze hingegeben. Plötzlich sank ihr Arm zurück; sie that einen tiefen, seufzenden Atemzug und lag ganz stille.

»Sie schläft,« dachte Erwin, als er aufblickte.

Sie schlief, um nie wieder zu erwachen.

* * *

Erwin hatte anfangs geglaubt, daß er diese Stunde nicht überleben könne. Er war sogar der Meinung gewesen, als er wenige Tage darauf in seinem Heimatstädtchen angekommen, daß er diese Reise nur gemacht habe, um letztwillige Verfügungen zu treffen. Doch der abermalige gute Empfang, den seine Landsleute ihm bereiteten, ließ ihn die Kraft zum Weiterleben finden. Er selbst mußte diesen entsagenden Heroismus bewundern.

Dem allgemeinen Drängen nachgebend, verlegte er seinen Wohnort dauernd in seine Vaterstadt. In dem ererbten Landhaus richtete er sich ein prächtiges Atelier ein und beschloß, nur noch für eine engere Gemeinde zu wirken.

Auf die zeitgenössische Kunst war er schlecht zu sprechen, und man glaubte ihm aufs Wort, daß er es satt bekommen habe, dem Beifall einer blasierten Menge nachzujagen, und dorthin geflüchtet sei, wo es noch reine und empfängliche Herzen gebe.

Vom Heiraten will er vorerst noch nichts wissen. Doch daß er sich über kurz oder lang mit der ältesten Tochter des Bürgermeisters verloben werde, gilt als eine ausgemachte Sache. Wenn man in dem Städtchen von ihm spricht, so sagt man: »Unser berühmter Mitbürger.« Die Welt aber hat nichts mehr von ihm gehört.

Über tredition

Eigenes Buch veröffentlichen

tredition wurde 2006 in Hamburg gegründet und hat seither mehrere tausend Buchtitel veröffentlicht. Autoren veröffentlichen in wenigen leichten Schritten gedruckte Bücher, e-Books und audio-Books. tredition hat das Ziel, die beste und fairste Veröffentlichungsmöglichkeit für Autoren zu bieten.

tredition wurde mit der Erkenntnis gegründet, dass nur etwa jedes 200. bei Verlagen eingereichte Manuskript veröffentlicht wird. Dabei hat jedes Buch seinen Markt, also seine Leser. tredition sorgt dafür, dass für jedes Buch die Leserschaft auch erreicht wird.

Im einzigartigen Literatur-Netzwerk von tredition bieten zahlreiche Literatur-Partner (das sind Lektoren, Übersetzer, Hörbuchsprecher und Illustratoren) ihre Dienstleistung an, um Manuskripte zu verbessern oder die Vielfalt zu erhöhen. Autoren vereinbaren direkt mit den Literatur-Partnern die Konditionen ihrer Zusammenarbeit und partizipieren gemeinsam am Erfolg des Buches.

Das gesamte Verlagsprogramm von tredition ist bei allen stationären Buchhandlungen und Online-Buchhändlern wie z. B. Amazon erhältlich. e-Books stehen bei den führenden Online-Portalen (z. B. iBookstore von Apple oder Kindle von Amazon) zum Verkauf.

Einfach leicht ein Buch veröffentlichen: **www.tredition.de**

Eigene Buchreihe oder eigenen Verlag gründen

Seit 2009 bietet tredition sein Verlagskonzept auch als sogenanntes "White-Label" an. Das bedeutet, dass andere Unternehmen, Institutionen und Personen risikofrei und unkompliziert selbst zum Herausgeber von Büchern und Buchreihen unter eigener Marke werden können. tredition übernimmt dabei das komplette Herstellungs- und Distributionsrisiko.

Zahlreiche Zeitschriften-, Zeitungs- und Buchverlage, Universitäten, Forschungseinrichtungen u.v.m. nutzen diese Dienstleistung von tredition, um unter eigener Marke ohne Risiko Bücher zu verlegen.

Alle Informationen im Internet: **www.tredition.de/fuer-verlage**

tredition wurde mit mehreren Innovationspreisen ausgezeichnet, u. a. mit dem Webfuture Award und dem Innovationspreis der Buch Digitale.

tredition ist Mitglied im Börsenverein des Deutschen Buchhandels.

Dieses Werk elektronisch lesen

Dieses Werk ist Teil der Gutenberg-DE Edition DVD. Diese enthält das komplette Archiv des Projekt Gutenberg-DE. Die DVD ist im Internet erhältlich auf **http://gutenbergshop.abc.de**